QUELQUES FLEURS POUR UNE COURONNE,

POÉSIES NOUVELLES,

PAR

HIPPOLYTE TAMPUCCI,

Ouvrier cordonnier,

Garçon de classe du collège Charlemagne, — Chef du bureau des Enfants
trouvés à la Préfecture de la Marne.

> N'ai su jamais chanter qu'avec mon cœur.
> DESBORDES-VALMORE.

PARIS,

CHAMEROT, LIBRAIRE, RUE DU JARDINET.

CHALONS-SUR-MARNE,

BONIEZ-LAMBERT, IMPRIMEUR-LIBRAIRE.

—

1847.

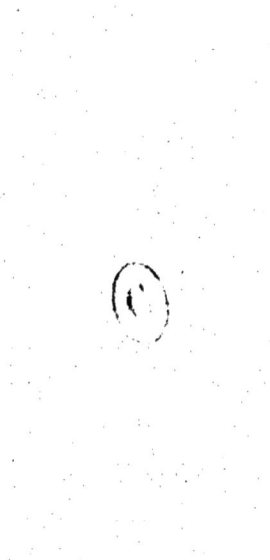

DÉDICACE.

Alors que, plein d'ardeur, le soleil, chaque année,
  Le front paré de feux éblouissants,
Pour renouer les nœuds d'un sublime hyménée,
Revenait visiter la terre fortunée
Et féconder son sein de ses rayons puissants,
Des fortunés Incas, la race aimable et pure,
Pour fêter l'immortel amant de la nature,
Offrait au dieu, du lait, des fleurs, des fruits naissants,
Des biens qu'il leur donnait, prémices innocents.

Astre qui fit éclore en mon ame ravie

La joie et le bonheur, seul trésor de ma vie,

Un jour, je t'offrirai, tremblant à tes genoux,

Les chastes fruits d'un sort que tu m'as fait si doux,

Ces poétiques fleurs, à ton souffle germées,

Exhalant le parfum de caresses aimées,

Et gardant le reflet des regards gracieux

Que tu laisses, sur moi, tomber comme des cieux :

Nul souffle impur n'aura pouvoir sur cette offrande.

Astre ! dieu de mes jours, de la fraîche guirlande,

Je détache un rameau pour sacrer ton doux nom !

Symbole de l'été, qui luit sur mon automne,

Ton amour le fit croître et le mien t'en fait don :

Aujourd'hui quelques fleurs : — à plus tard la couronne !

AU LECTEUR.

En livrant à la publicité un nouveau volume de poésies, l'auteur de ce livre a eu pour but principal de prouver à ceux qui lui ont tendu la main à son entrée dans la carrière littéraire, que celui qu'ils avaient accueilli avant tant de sympathie n'a pas dégénéré ; toutefois, pour prendre son rang de date, sinon de talent, parmi ses frères les poètes-ouvriers, éclos depuis quelques années, il croit pouvoir rappeler, non par vanité, mais avec plaisir, les encouragements qui lui furent donnés par la presse, avant et lors de la

publication de son premier volume, en 1832. Ce sera,
du reste, une espèce de biographie qui donnera une
faible idée de sa vie, jusqu'à cette époque, aux nouveaux amis que pourraient lui faire connaître ses nouvelles poésies.

« On nous avait communiqué quelques morceaux de poésie
d'un *garçon de classe* du collège Charlemagne; nous avions
peine à croire à ce contraste, et nous nous demandions pourquoi, dans ce cas, l'Université ne faisait rien pour améliorer
la position d'un jeune homme qui annonce les plus heureuses dispositions !... Nous avons su d'ailleurs que le Ministre de l'instruction publique était dans l'intention d'appeler M. Tampucci dans ses bureaux, mais que c'était là un
de ces généreux projets que forment les hommes du pouvoir,
mais qu'ils ne trouvent jamais l'occasion de mettre à exé-
cution.... »

(Gazette des Ecoles, 13 mars 1831).

« Le siècle de Louis XIV a eu son MAITRE ADAM : voici que
de nos jours un jeune homme, placé par la fortune dans une
condition peu élevée, est parvenu, par des études solitaires,
poursuivies avec une rare sagacité et une incroyable pa-
tience, à suppléer au défaut d'éducation. M. Hippolyte Tampucci, *garçon de classe* au collège royal de Charlemagne,
vient de publier un dithyrambe intitulé : *La liberté*, suivi
de quatre Odes. On y trouvera un talent qui a lieu de surprendre.... Le sort de ce jeune homme est digne de fixer
l'attention de l'autorité.... »

(Le Lycée, 28 avril 1831).

« ..... Un des plus grands supplices que je connaisse, c'est
de se sentir une âme élevée et de rester cloué au sol....
Quelles durent être les souffrances de notre premier chansonnier, lorsque, simple garçon d'auberge, il lui fallut as-

servir sa jeune et poétique imagination aux choses les plus communes et les plus prosaïques de la vie? Son génie a fini par vaincre le sort, et l'étincelle emprisonnée dans un grossier caillou a produit un sublime incendie. Mais combien de talents sur qui une injuste destinée a pesé invinciblement, et qui se sont éteints sans que la chaleur qui les animait ait pu percer leur odieuse enveloppe! Espérons qu'il n'en sera pas ainsi de M. Hippolyte Tampucci, et que, si l'administration ne le place pas dans un rang plus digne de lui, le public, juge intègre, ne rejetera pas son appel. »

(*Mercure du 19ᵉ siècle*, 29 janvier 1831).

« M. Tampucci est un pauvre *garçon de classe* du collége Charlemagne. Né avec les plus heureuses dispositions purement littéraires, la nécessité de trouver chaque jour un morceau de pain l'a, jusqu'à présent, il faut le dire, obligé de consacrer ses journées aux travaux les plus grossiers et les plus pénibles. C'est une honte pour notre siècle... S'il nous est permis aujourd'hui de le recommander aux rares amis que les beaux vers ont conservés, c'est parce que les élèves et les professeurs de son collége, après avoir applaudi ses chants, se sont empressés de se faire les éditeurs des inspirations de leur ami. Rendons grâce de tout notre cœur à leur touchante amitié. Elle a d'ailleurs bien inspiré M. Tampucci... En général, son talent consiste à peindre les objets qui l'ont réellement frappé. On voit qu'il rend les impressions à mesure qu'elles viennent prendre rang dans sa mémoire. C'est comme une harmonie pure et suave que ses doigts savent trouver dans les sons les plus simples. »

(*Le Temps*, 10 avril 1832).

« Hippolyte Tampucci, dont la famille est d'origine napolitaine, est né au collége Charlemagne, où son père était préparateur des cours de physique et de chimie. Dès ses premières années, l'enfant montra un goût prononcé pour la

poésie... Ses dispositions, ses essais, inspirèrent de l'intérêt
aux professeurs du collége : ils offrirent d'admettre à leurs
cours le jeune Hippolyte. Son père, avec une inconcevable
opiniâtreté, refusa pour lui cette faveur. Plus tard, il voulut
en faire un artisan ; mais, quoique privé par l'obstination
paternelle des avantages de l'éducation, son fils avait ac-
quis sans maîtres, et par ses seules études, une instruction
suffisante pour espérer quelques succès dans l'art qu'il ché-
rissait. A son tour, il résista avec fermeté (1), et préféra, à
une profession mécanique, les humbles fonctions de *garçon
de classe* au collége Charlemagne. Là, du moins, il avait pour
consolation la bienveillance du proviseur, M. Dumas ; les
conseils obligeants de plusieurs professeurs, l'affection de
beaucoup d'élèves, dont quelques-uns sont devenus des
écrivains distingués... Diverses démarches ont été faites (2)
pour procurer au jeune Tampucci une place mieux en rap-
port avec son talent, et qui lui laissât plus de loisir pour s'y
livrer ; mais elles n'ont point encore obtenu de succès ; toutefois, il n'a point perdu courage... Ces détails ne peuvent
que disposer favorablement le lecteur : il aime à protéger
les talents qui se sont formés eux-mêmes et qui sont leur
propre création....

(*La France nouvelle*, 2 février 1835).

(1) La personne qui a fait cet article se trompait ; habitué à obéir avec respect
aux volontés paternelles, l'auteur de ce volume fut cordonnier depuis l'âge de douze
ans jusqu'en 1823, où il atteignit l'âge de la conscription. Ce fut alors qu'il devint,
toujours d'après le désir de son père, garçon de classe au collége Charlemagne,
emploi qui lui laissa plus de loisir. D'ailleurs, l'assiduité fatigante de sa première
profession nuisait beaucoup à sa santé, et c'est avec reconnaissance qu'il accepta
sa nouvelle condition, car il n'avait qu'un seul désir, qu'une seule ambition : vivre
avec ses livres, le plus possible.

(2) Les proviseur et professeurs du collége avaient adressé une demande au
Ministre de l'instruction publique : elle était signée par M. le baron de Schonen,
et l'excellent *bibliophile Jacob* (M. Paul-Lacroix), qui y exprimait que *la littérature tout entière était intéressée à la réussite de cette démarche*. MM. Girod, d
l'Ain, Barthe, Montalivet, alors, tour-à-tour, ministres de l'instruction publique,
promirent ; mais ce fut tout.

« Il y a une belle préface à ces poésies : elle a été écrite par un ami de l'auteur. Il raconte en quelques lignes qu'Hippolyte Tampucci, attiré dès sa plus tendre enfance vers l'étude de la littérature, fut contrarié par son père dans ses vœux les plus ardents. S'il essayait quelques poésies, son père se moquait de ses folles prétentions. S'il demandait à suivre les cours du collége Charlemagne, où il avait passé son enfance, son père, pour toute réponse, le mettait en apprentissage chez un cordonnier. Accablé de douleur, le jeune Hippolyte brisa ses outils et rentra au collége d'où il n'aurait pas voulu sortir ; mais il y rentra comme garçon de classe. Le voilà donc balayant la poussière des bancs où il avait rêvé qu'on lui accorderait une place pour aider son talent des conseils de la science. Il était bien malheureux sans doute, quand il errait près de ces classes dont il ne pouvait franchir le seuil qu'aux heures où elles étaient désertes. Mais, s'il est vrai que le talent grandisse dans les larmes, peut-être pensera-t-on qu'Hippolyte Tampucci a plus gagné dans ses méditations solitaires, dans ses longs accès de douleur et d'indignation où son âme laissait librement éclater d'énergiques passions qu'il n'aurait pu recevoir de la bouche d'un professeur doublement ennuyé de ses leçons et de ses élèves. Ce n'est pas au collége qu'on apprend à faire des vers comme ceux-ci.........

« J'ai pris ces vers au hasard. C'est assez dire que M. Hippolyte Tampucci a un talent véritable qui s'est formé au sein de la douleur et de l'obscurité. S'il n'avait pas déjà trouvé de nombreux admirateurs, si l'avenir d'un auteur, dont les débuts sont aussi brillants, pouvait être incertain, je recommanderais plus vivement ce recueil de poésies. Mais, à l'heure qu'il est, M. Tampucci n'a pas besoin de mes éloges....... »

(*Le Messager des Chambres*, 8 février 1833).

Puissent ces nouvelles poésies, en justifiant les éloges

bienveillants donnés à leurs aînées, être dignes de
la sympathie qu'ont témoigné à l'auteur et ceux qui
ont applaudi à son début et ceux qui viennent de lui
prouver que, malgré ses détracteurs, la poésie compte
encore de fervents admirateurs, et que, sur les rives
de la Marne, comme sur celles de la Seine, il y a de
nobles cœurs prêts à fraterniser avec celui d'un poète
qui, du moins, à défaut d'un plus vaste talent, n'a jamais fait métier et marchandise de ses inspirations :
désireux qu'il est de mériter constamment l'estime de
ceux qui l'auront aimé.

Châlons-sur-Marne, — janvier 1847,

AUX FEMMES.

Sortez, filles de Sion !
Venez ! vous serez couronnées !
Cantique des Cantiques.

A vous, êtres divins exilés sur la terre,
De pureté, d'amour, ineffable mystère ;
Anges formés de grâce et de mol abandon,
A qui l'homme profane osa donner un nom,
Femmes, à vous mes chants ! — A peine à mon aurore,
Chastes fleurs que du Ciel un regard fit éclore,
De vos calices purs je respirai l'odeur :
C'est elle dont le charme épancha dans mon cœur
La liberté, les arts, la volupté ;... la vie !
Elle qui m'inspira la noble et sainte envie

D'aimer, de secourir mes frères ! — Pour toujours
A vous mon cœur, les vers, ô mes seules amours !
Oui, dans mes purs transports qui maîtrisent mon âme,
Elle ne connaît plus d'autre dieu que la FEMME,
Avec ses beaux yeux noirs ou bleus, sa blanche main,
Son regard qui d'ardeur fait bouillonner mon sein,
Lui versant tour-à-tour, selon sa fantaisie,
Désirs voluptueux ou flots de poésie.

La FEMME ! oh ! par sa bouche entendre murmurer
Les vers que ses regards avaient su m'inspirer !
Oh ! lire dans ses yeux la tendresse et la joie,
De mes lèvres presser ses paupières de soie ;
Puis, enivré d'amour, sur son sein reposer
Mon front humide de son dernier baiser !
Ce fut là mon seul bien, ma seule récompense...
FEMMES ! oh ! j'ai béni votre douce puissance,
Car votre empire est saint ; car seules vous savez
Sur des fronts tout pâlis de malheur, réprouvés
Par le monde, stupide en sa lâche démence,
Poser en souriant les fleurs de l'espérance !

Ah ! poursuivez toujours ce sublime sentier ;
Poursuivez, car le mal n'est pas mort tout entier :
Il est encor des cris, des pleurs, et l'égoïsme

Laisse bien des tyrans à vaincre à l'héroïsme.

Les poursuivants d'honneur ne vont plus, lance au poing

D'un châtelain félon transpercer le pourpoint ;

Il ne font plus, fervents pour la beauté des dames,

Aux autels d'un Dieu mort, bénir leurs fortes lames.

Mais, les cœurs généreux tentent d'autres succès ;

Leur devise est : « BONHEUR ! ÉGALITÉ ! PROGRÈS ! »

Et vous verrez inscrit, en brûlants caractères,

Sur leur drapeau flottant : FEMMES ET PROLÉTAIRES !

Leur vie est un combat ; dans leur main plume ou fer

Servent à conjurer les haines de l'enfer,

Où s'agitent, hurlant d'une stupide rage,

Les lâches contempteurs des vertus, du courage,

Tous ces êtres sans cœur, sans foi, sans dignité,

Dont se crispent les nerfs au cri de VÉRITÉ !...

Eh bien ! ces hommes forts qui font trembler le crime,

Ces apôtres sacrés d'une cause sublime,

Eux qui donnent leur vie à tout le genre humain,

Dans ce duel incessant peuvent tomber demain,

Ou, brisés de travaux, de dégoût, de souffrance,

Pâles, iront s'asseoir au seuil de l'indigence !

A toi, FEMME, est donné d'aimer, de soutenir,

Dans leur lutte sans fin, ces fils de l'avenir.

Oh ! sois bonne pour eux ! – Tes chaînes sont leurs chaînes :

Ils souffrent de tes maux, ils pleurent de tes peines,

Et leur croyance en toi, s'il fallait la sceller
Du plus pur de leur sang, il est prêt à couler !

Autrefois, succombant sous les fureurs païennes,
Fécondant par leur mort le sable des arènes,
Méprisant les tourments, sanglants et mutilés,
Les confesseurs du Christ périssaient consolés;
Car les vierges, au front pudique et plein de charmes,
Donnaient aux morts des soins et de pieuses larmes ;
Ou, bravant, sans pâlir, le fer des empereurs,
Fortes, s'abandonnaient à leurs saintes douleurs
Et cueillaient dans le cirque, avec de doux sourires,
Chastes et sans remords, la palme des martyres.

Dans nos jours ténébreux, où l'âme erre au hasard
Sans oser se poser, s'abriter nulle part,
Tant de fangeux débris ont encombré la route
Et fait germer partout le marasme et le doute !
Femmes, vos voix encor consolent l'univers.
Eh ! qui ne bénirait vos suaves concerts,
Filles de l'harmonie, et dont les veilles saintes
Ont, de nos cœurs troublés, souvent calmé les plaintes !
Delphine, Ségalas, Tastu, Collet, Mercœur;
Gracieuse Waldor, au chant plein de douceur,
Et dont les vers, toujours parés de simples charmes,
Éveillent le sourire ou font couler des larmes ;

Et toi , toi dont le pur et chaleureux accent
A flots précipités fait bouillonner mon sang ;
Toi qui , voluptueuse avec tant de décence ,
De l'amour sans espoir dis si bien la souffrance ;
O Valmore ! ô poète aux rapides élans ,
Toi, dont l'âme s'épanche en soupirs si brûlants !
Parfois, de la pitié tendre et pieuse fille ,
Ta muse , des prisons franchit la sombre grille ,
Pour déposer au front du poète attristé
Un baiser fraternel ; mais si la liberté
Jette son cri de guerre au sein de la mêlée ,
Ta muse, l'œil au Ciel, sublime , échevelée ,
Chante, exalte et bénit le drapeau des trois jours !...
Nom pur et beau, salut ! toi qui vivras toujours !
Et toi, Femme au cœur fort d'où déborde la sève ,
Dont la pensée altière a le tranchant du glaive,
Qui marches le front haut et , de ta blanche main ,
Relèves sans efforts, en ton hardi chemin ,
Tes pauvres sœurs toujours au pied mâle foulées
Comme la fleur modeste au profond des vallées ;
Étoile étincelante en notre ciel impur ,
Qui caches ton éclat sous un nuage obscur ;
Toi que nous nommons Sand, que, pur d'ignominie,
L'avenir saluera du beau nom de Génie ;
Apôtre aimant et fier ; oh ! qu'il me serait doux ,
Ainsi qu'un suppliant , d'embrasser tes genoux

Et de te dire : ô Femme, achève ton ouvrage,
Flétris ces temps honteux d'égoïsme et d'outrage,
De la main qui ceignit d'un diadème d'or
Le front de *Geneviève*, achève et viens encor
Porter un coup mortel à cette affreuse idole
A qui l'orgueil viril élève un capitole :
La force, pouvoir lâche, absurde et désastreux,
Qui peuple l'univers de tyrans monstrueux,
D'esclaves hébétés, que rien de beau n'enflamme,
Qui, pour un pain abject, vendraient jusqu'à leur âme !
Mais tu n'as pas quitté l'atelier : tes pinceaux
Sauront nous peindre encor de sublimes tableaux.
J'en atteste *Mauprat*, ce combat magnanime
Où la femme musèle, apprivoise le crime,
Et, sous son fort genou le tenant abattu,
Le dépouille et le lave aux flots de la vertu.
Achève ! qu'à nos yeux ton superbe modèle,
Tendre mère, apparaisse épris d'un saint zèle,
Versant avec son lait à l'enfant au berceau
La candeur des brebis, l'ardeur du lionceau ;
Que tes sœurs, comme *Edmée*, à l'homme sans croyance
Révèlent ses devoirs sacrés, son espérance ;
Qu'elles n'aiment que ceux qui, pour l'humanité,
Combattent en plein jour avec la charité :
Va, quel que soit le prix, Femme, —larme ou couronne—,
Tous voudront l'obtenir si c'est toi qui le donne !

Oui, Dieu donna l'empire à la FEMME. — En ces temps
Où l'homme usait ses jours dans les luttes des camps,
Pour nos aïeux la FEMME était la providence
Qui, dans le sang, jetait le doux mot de CLÉMENCE,
Séchait les pleurs, rompait les chaînes des vaincus,
Et blasonnait de gloire et d'honneur les écus
Des preux qui soutenaient les droits de l'innocence,
Protégeaient l'orphelin de l'ombre de leur lance
Et, sans peur quand la mort les frappait, en tout lieu
Confessaient leur croyance en leur DAME et leur DIEU...
Siècles nobles et grands ! siècles dignes d'envie
Où la gloire parlait par la voix d'une amie !...
Et maintenant que l'homme a chassé de son cœur
Le DÉVOUEMENT, la FOI, L'HUMANITÉ, L'HONNEUR,
Maintenant tout se vend, et la FEMME est l'esclave
De l'inepte bourgeois qui l'insulte et la brave,
Et sous un joug de plomb écrasant ses vertus,
Lui redemande en vain ces biens qu'il a perdus :
La touchante amitié, l'amour et son ivresse,
Que cet ange refuse au lâche qui l'oppresse.

Mais tous ces jours mauvais fuiront, et l'avenir
Dans un réseau d'amour viendra tout réunir.
Temps de bonheur si pur, de si chastes conquêtes,
La FEMME au premier rang prendra place en tes fêtes !
A son appel aimant et rempli de douceur

Tout homme sera FRÈRE et toute femme SŒUR.

Plus de ces maux hideux qui pèsent sur la terre ;

Plus de peuples éteints dans les champs de la guerre !

A toi ces jours nouveaux, FEMME, car (DIEU l'a dit !)

Un jour tu dois briser du pied le front maudit

De l'archange du mal. — Ces dons que la nature

A prodigués en toi : cette âme tendre et pure ,

Ce sourire enivrant, ces regards amoureux ,

Ces bras souples et doux dont les flexibles nœuds

Retiennent sur ton sein , palpitant de délire,

L'homme heureux de céder à ton aimable empire ;

Cette démarche molle et pleine de langueur

Qui révèle à nos yeux les besoins de ton cœur ;

Cette voix qui subjugue, en sa grâce infinie,

Echo suave et pur de céleste harmonie ;

Cette noble fierté, ces fortes passions ,

Qui, dans les jours de deuil , parmi les nations ,

Te font du dévouement adopter la bannière ,

Et braver des tyrans la rage meurtrière :

Tout doit servir un jour au bonheur des humains.

O FEMME , lève-toi ! marche ! car les chemins

Te sont libres ! accours ! L'HUMANITÉ t'appelle :

Qui sans toi pourrait vaincre, ô FEMME sainte et belle ?

Reims, 1834.

A M. OZANEAUX,

Auteur du Dernier jour de Missolunghi (drame), pour lui demander
un Billet de spectacle.

J'ai lu, noble fils de Platon,
Ces vers, dictés par Apollon,
Ces vers généreux et sublimes
Où des Hellènes magnanimes
Ta muse a redit les malheurs.
Combien de leurs saintes douleurs
L'accent a déchiré mon âme !
Capsaly, sur ta chaste flamme,
Combien j'ai répandu de pleurs !
Que j'aime la fougue guerrière

De l'aimable et jeune Alexis,
Dont l'espérance la plus chère
Est de mourir pour son pays !
Et Gérard, Chrisa, Botzaris,
Combien leur noble caractère
A-t-il enchanté mes esprits !
Qu'ils doivent embellir la scène
Ces brillants et touchants tableaux
Que tes héroïques pinceaux
Ont su nous retracer sans peine !
Daigne pardonner, Ozaneaux,
La témérité de ma muse :
Dois-je penser qu'elle s'abuse,
Alors qu'elle peut espérer
Que tu daigneras accorder
A sa requête si légère
Ce qu'elle ose te demander ?
C'est une carte débonnaire
Qui lui serve de passeport,
Pour entrer sans aucun discord,
Malgré la brusque sentinelle,
Dans ce temple ouvert aux beaux-arts,
Où les Bocages, les Thénards,
Nous offrent l'image fidelle
De ces preux, amants des hasards,
Que Missolunghi, l'immortelle,

A vu tomber sur ses remparts.
Si tu trahis son espérance,
Ma muse, réduite au silence,
De t'avoir déplu gémira ;
Mais si tu daignes condescendre
Aux vœux qu'elle ose faire entendre,
Alors, son luth s'animera,
Et sa main, timide et sincère,
Secondant son noble transport,
Couvrira ton front, jeune encor,
Du laurier du divin Homère.

1828.

A Mme V.,

En lui envoyant mon premier volume.

On m'a conté que d'éducation
Votre âme était vase d'élection.
(Qui? direz-vous, peut-être. C'est Jeannette,
Qui ne ment pas.) Puis que l'instruction
Vivait en vous pure, noble et complette,
Avec respect, lors j'ai baissé la tête.
On m'a conté que vous savez plier
A vos désirs le sonore clavier,
Que sous vos doigts, en brillante harmonie,
Se révélaient les secrets du génie.

Alors mon cœur a battu de plaisir,
Et de ces vers, enfants de mon bel âge,
J'ai cru pouvoir vous présenter l'hommage,
Vous demandant pour prix un souvenir ;
Mais ce n'est tout, car la même personne
(Jeannette) dit que vous fûtes toujours
Pour elle, et tous ! aimable, douce et bonne.
Or, la bonté, c'est mon dieu, mes amours.
Hélas ! je n'ai ni palme ni couronne
A vous donner ; mais qu'il me serait doux
De vous aimer de tout cœur ! — Voulez-vous ?

PRIÈRE.

Élevez-vous, voix de mon âme.

LAMARTINE. — *Harmonies Poétiques.*

Être incréé! source féconde
Des désirs, des biens les plus doux :
Père que méconnaît ce monde,
O mon Dieu! je reviens à vous!

Hélas! dans mes peines amères,
Dans mon douloureux abandon,
Combien de fois, Dieu de nos pères,
Ai-je blasphémé votre nom!..

Oh! combien de fois, à la vue
Des malheurs qu'on souffre ici-bas,
Mon âme, de tristesse émue,
A dit : ce Dieu n'existe pas !

Car vous ne me faisiez connaître
Que les souffrances et les pleurs ;
Je languissais, et tout mon être
Semblait pétri par les douleurs.

Mais, prenant pitié de ma vie,
Vous venez d'envoyer vers moi
Une tendre mère, une amie,
Et mon cœur renaît à la foi.

Vous avez mis votre clémence
Dans son sourire triste et doux ;
Il répond au cri de souffrance
Que souvent j'élevai vers vous.

Ses baisers ont séché les larmes
Dont mon courage était vaincu,
Et sa bonté, pleine de charmes,
M'a fait recouvrer ma vertu.

Quand mes yeux lui disent : je t'aime !
Les siens aussi brillent d'amour,

Et sa voix aimante est l'emblême
Des accents du divin séjour.

Soit qu'elle parle ou qu'elle chante,
A mon âme, ardente aux plaisirs,
Cette voix suave et touchante
Fait éprouver mille désirs :

Désirs d'amitié, de constance,
De folâtre et vive gaîté ;
Désirs de céleste espérance,
De dévorante volupté.

Aussi, mon Dieu ! mon bien suprême,
C'est cet ange plein de douceur,
Et je le vénère, je l'aime,
Comme une chaste et tendre sœur.

Oh! oui! j'aime cette innocence
Dont le reflet orne ses jours ;
J'aime cette noble décence
Qui parfume tous ses discours.

J'aime ses beaux cheveux d'ébène,
De fils d'argent entre-mêlés,
Comme en donne la vie humaine
Aux anges sur terre exilés.

A genoux, oh! je vous supplie,
Avec larmes, avec ardeur,
O Dieu! donnez à mon amie
La paix, la douce paix du cœur.

Que de ses ans le cours limpide
S'épande toujours calme et pur,
Et, pendant son sommeil candide,
Des cieux quittant le vaste azur,

Qu'un ange vienne lui sourire
Comme elle sourit à mes maux
Et, consolant, puisse lui dire :
« Dieu t'aime et veille à ton repos.

» Ton ami compte, en sa tristesse,
» De l'absence les longs tourments,
» Mais dans son cœur, avec ivresse,
» Il se rappelle ces moments

» Où vos deux âmes, réunies
» Dans l'extase de purs désirs,
» Goûtaient les saintes harmonies
» De tendres mais chastes soupirs.

» Ton frère t'aime, ô douce femme,
» Ton bonheur est sa seule loi :

» Il te garde au fond de son âme
» Un culte aussi tendre que toi. »

Etre incréé ! source féconde
Des désirs, des biens les plus doux :
Père que méconnaît ce monde,
O mon Dieu ! je reviens à vous.

A STANISLAS.

AIMABLE enfant, au gracieux sourire,
  Aux yeux si doux,
Qui viens t'asseoir, plein d'un joyeux délire,
  Sur mes genoux,
Ton doux regard me parle d'espérance,
  Rêve enchanteur !
Être chéri, je bénis ta puissance :
  Viens sur mon cœur !

Lorsque ta bouche enfantine et vermeille,
    En sons touchants
Vient bégayer, parfois, à mon oreille
    Des mots charmants,
Son tendre accent d'une harpe divine
    A la douceur.
Être chéri, vers toi mon front s'incline :
    Viens sur mon cœur !

Quand je te vois bondir sur la verdure,
    Vif en tes jeux,
Livrant aux vents ta blonde chevelure,
    Je suis heureux.
O, dis-je alors, puisse loin de sa trace
    Fuir le malheur !
Être chéri, plein de charme et de grâce,
    Viens sur mon cœur !

Que j'aime à lire en ton regard folâtre,
    Vif ou profond,
Ou bien presser d'un baiser idolâtre
    Ton large front.
J'y vois briller en traits brûlants de flamme ;
    « Force et candeur. »
Être chéri, pur trésor de mon âme,
    Viens sur mon cœur !

Oh ! que de fois, perçant mes nuits funèbres,
    Ton doux soleil
A fait reluire, en leurs sombres ténèbres,
    Un jour vermeil !
Pour moi ta voix, une de tes caresses,
    C'est le bonheur !
Être chéri, source de tant d'ivresses,
    Viens sur mon cœur !

RÊVERIE.

Source de doux pensers, de tendres rêveries,
La lune s'élevait, sereine, à l'horizon,
Et sa pure lumière, argentant la prairie,
L'impide, ruisselait sur l'humide gazon.

Au prochain cimetière, hélas ! seul héritage
Qui vient payer à tous tant de soins, de regrets,
A peine un vent léger agitait le feuillage
Du pâle sycomore et du sombre cyprès.

A cette heure, d'extase et de grave pensée,

Le front dans mes deux mains, le cœur gros de soupirs,
De ma jeunesse ardente, en vains songes passée;
Triste, je recueillais les amers souvenirs.

Et mes regards, plongeant sur les cippes funèbres,
Croyaient voir à travers de livides lueurs
Des fantômes chéris errant dans les ténèbres!...
Puis, bientôt se troublaient obscurcis par les pleurs.

Mais, comme par instinct, bientôt ils s'élevèrent
Vers l'astre de la nuit, de clarté radieux,
Et mes sombres ennuis par degré s'éclipsèrent,
Tant la paix dans mon cœur semblait couler des cieux !

Car, soit lyre ou palette, éloquence, harmonie,
Jamais langage humain ne saurait égaler
Ce qu'à l'âme souffrante, en sa langue bénie,
Dans le calme des nuits, le ciel sait révéler.

Mais voici qu'un nuage, aux flancs profonds et sombres,
S'avance, en tout semblable aux vapeurs de l'enfer,
Menaçant d'engloutir la lune dans ses ombres
Qui nagent lentement aux plaines de l'éther.

Dans l'espace, mon œil le suivait avec crainte,
Redoutant le moment où son large contour

3

Viendrait lui dérober cette planète sainte
Où je lisais des mots de bonheur et d'amour !

Mais, ô surprise ! en vain le dragon fantastique
Déroule dans les airs ses immenses anneaux,
Malgré le noir géant, l'astre mélancolique
Semble multiplier ses rayons purs et beaux.

Par la nuée obscure, au loin répercutée,
Sa lumière, épandue en mille jets brillants,
Entoure ses flancs noirs d'une frange argentée,
Qui projette à l'entour ses reflets scintillants.

O, m'écriai-je, ainsi, quand tu luis sur la vie,
Tendre amour ! ineffable et pur consolateur,
Rien ne peut obscurcir ta splendeur infinie ;
Tu sais tout embellir : tout, même le malheur !

O mortels ! sur vos jours, la douleur au front blême
Trop souvent étendit son funèbre linceul ;
Élevez vos regards vers l'arbitre suprême :
Mortels, chantez l'amour ! c'est le vrai Dieu : le seul !

MA TRINITÉ.

A J. R.

O toi qui sur ma destinée
Du calme versas les douceurs,
Sans regret je vois fuir l'année,
Encore humide de mes pleurs !
Du ciel un rayon tutélaire
De mon cœur dissipe l'effroi.
Je vais être heureux ! ô ma mère,
Je ne veux pas l'être sans toi !

L'hiver bientôt fuira nos plaines,
Et, sur les coteaux enchanteurs,
Des zéphirs les tièdes haleines
Feront naître gazon et fleurs ;
Les doux oiseaux, sous la ramée,
D'amour enseigneront la loi.
Ces beaux jours ! ô sœur bien-aimée,
Je ne veux pas les voir sans toi !

Quand le printemps à la nature
Rendra la grâce et la beauté,
Que des eaux, des bois, le murmure
Lui parlera de volupté,
L'âme subjuguée, attendrie,
Et pleine d'une ardente foi,
J'aimerai ! mais, ô mon amie,
Je ne veux pas aimer sans toi !

Aimer ! le chanter, plein d'ivresse,
Dans les bras d'un être chéri
Et faire éclore l'allégresse
Dans son regard pur, attendri,
O charme qui séduit, enivre,
Et d'un malheureux fait un roi!
O ma trinité ! c'est là vivre :
Je ne veux pas vivre sans toi !

L'OEILLET.

Imitation de Gessner.

L'AUTRE jour, parcourant les détours du jardin,
    La jeune Doris, que j'adore,
Aperçut un œillet que les zéphirs et Flore
Des plus vives couleurs avaient orné ; soudain,
    Remarquant qu'il venait d'éclore,
Elle s'en approcha ; puis, vers l'aimable fleur,
    Avec ce sourire enchanteur
Qui ferait fuir la raison du plus sage,
    Elle pencha son beau visage.
Tandis qu'elle aspirait son agréable odeur,

L'œillet semblait baiser ses lèvres purpurines,
Je sentis tout mon sang aussitôt s'embraser :
   « Oh ! que ne puis-je ainsi baiser
» Le vermillon si pur de ses lèvres divines ! »
Me dis-je ; alors, voyant Doris se retirer,
   Je m'approchai de la charmille
   Où brillait cette fleur gentille,
Poussé par le désir, par l'amour empêché,
   Plein d'incertitude, « Ah ! disais-je,
   » Dois-je cueillir ? le cueillerai-je ?
   » Ce bel œillet que sa lèvre a touché ?
» Ses parfums verseraient dans mon âme embrasée
» Bien plus de voluptés que la douce rosée
   » N'en répand dans le sein des fleurs. »
Et, déjà, j'étendais une main empressée
Pour cueillir cet œillet aux brillantes couleurs ;
Mais tout-à-coup : «quoi donc ! Dans ma folie extrême,
» Irai-je lui ravir ce bel œillet qu'elle aime ?
» Non ! sans doute : Doris en ornera son sein,
» Et, tel que l'encens pur qui, dans un temps serein,
» S'élève vers les cieux comme un léger nuage,
» Alors que les mortels, fléchissant les genoux,
» A l'aimable Vénus présentent leur hommage,
» Son odeur, s'élevant vers son joli visage,
» Charmera ma Doris d'un parfum pur et doux ! »

LA PRISE DE CONSTANTINE.

Tristes, les yeux pleins de brûlantes larmes,
Nous maudissions le climat africain.
Un seul revers c'était trop ! Notre main,
Dans le sommeil, se crispait sur nos armes.
Autour de nous, ô comble de douleur !
Pâle, régnait la sombre maladie ;
On s'écriait : rendez-nous la Patrie
Ou laissez-nous mourir en vengeant son honneur !

    Enfin, des rives de la France,
L'ordre est venu ! — Le voilà le signal !

A vos rangs, fantassins! — plus d'ennui, de souffrance,
Au combat! — Cavaliers, à cheval! à cheval!

Heure fortunée!
O belle journée!
Frères, quel plaisir!
Drapeau tricolore,
Va, sois fier encore;
Qui peut te flétrir?
Vole à Constantine,
La ville mutine,
Qui va t'obéir!

Retire-toi sous ta muraille,
Achmet; attends que les Français,
Lassés d'appeler la bataille,
Présagent de honteux succès!
O fol espoir! Tremblez, remparts hostiles,
Tremblez, orgueilleux Kabaïles
Au feu meurtrier et puissant!
Vain courage, efforts inutiles;
Votre sang payra notre sang.

Anathème! — ô fatal rivage,
Nous verras-tu fuir de nouveau?
Des éléments la sombre rage

Nous prépare-t-elle un tombeau?
Soldats, canons, misère étrange!
Roulent entraînés dans la fange,
Parmi des cris de désespoir! —
Sur nos phalanges intrépides,
Ruisselez, torrents homicides :
Pour vaincre, il suffit de vouloir!

O mâle constance,
Rends-nous l'espérance!
Frères, gloire et France!
Cessons de souffrir.
Bats, marche guerrière!
Dût l'Afrique entière,
Vaste cimetière,
Sous nos pas s'ouvrir!
Drapeau de conquête,
Flotte à notre tête;
Mais pas de retraite :
Ou vaincre ou périr!

Qui tombe dans nos rangs comme tomba Turenne?
Damrémont! — Qu'il triomphe! Aux rives de la Seine,
Son cercueil reviendra, mais couvert de lauriers!
En inclinant leur front chargé de nobles rides,
Près de lui veilleront nos sacrés invalides. —

Gloire à toi, qui mourus de la mort des guerriers!
Mais, vengeance! courez servir les batteries,
Courageux artilleurs! que vos pièces, meurtries
Par les feux ennemis, leur vomissent la mort.
De la destruction, sublimes Saturnales!
Le front calme, au milieu d'un orage de balles,
Ils sont là, du canon guidant le rude effort.
   Le boulet part, siffle et mord la muraille;
   L'obus s'élance en courbe dans les airs,
   Retombe, éclate et sème la mitraille,
Qui déchire les toits et dévore les chairs!

   Vengeance! brave Vallée,
   Guide là, vers ces créneaux!
   Que, hurlante, échevelée,
   Elle y plante nos drapeaux.
   Indomptable artillerie,
   Sois fière: dans ta furie,
   Nul ne peut te surpasser.
   Eteins ton ardente mèche;
   Assez! livre-nous la brèche:
   Canons, laissez-nous passer!

   Partez, courageux Zouaves!
   Votre vie est le danger.
   Et vous, famille de braves!

Partez, deuxième léger !
Vous tous, rivaux de courage,
Serrez vos rangs ! au carnage,
Heureux ceux qui survivront
Et qui reverront leurs mères,
Les cheveux blancs de leurs pè.
Gloire à ceux qui tomberont !

O Patrie !
Nous donnons
Aux canons
Notre vie :
Nous courons,
Nous montons
A l'assaut !
Aussitôt
Au rempart
L'étendard
Des trois jours,
Nos amours,
Flotte au vent !
En avant !...
De la cité saisie
La muraille est franchie ! —
O douleur !
Brave Lamoricière,

La foudre meurtrière
Arrête ta valeur !
Le fougueux Kabaïle
Se cramponne à sa ville.
   O fureur !
   L'air s'enflamme :
   Sous les feux,
   Que de preux
   Rendent l'âme !
   Combes, cours
   Au secours !
   Ah ! déjà
   Le voilà
   Sur le mur,
   D'un pied sûr !
   Ennemi,
   Place à lui !
   Place, honneur,
   Au sauveur !

Fatalité ! l'air crie et se déchire,
Et le salpêtre, en brûlants tourbillons,
Eclate, roule, au front des bataillons :
   Et le brave Combes expire !..
Lutte de mort ! Gloire à vous, Sérigny,
Sanzai, Dangel, Pottier, Marland, Sussy !

Lahure, Hacket! pour vous s'ouvre la tombe!..
Que votre mort sur l'ennemi retombe
Vieux, Obackett, Maréchal, Cahoreau,
Rabier, Madice, Delacolle et Béraud!..
Mais, qui pourrait dénombrer ces victimes?
Gloire à vous tous, ô soldats magnanimes,
Vous tous, frappés au poste de l'honneur!..
Qu'eût regrettés le sublime empereur!

Malheur à toi! malheur, ô ville furieuse!
Qu'importe de tes fils la foule audacieuse:
Tant de braves tombés veulent mieux que des pleurs.
Soldats! frappez au cœur cette fille d'Afrique;
Déchirez en lambeaux sa superbe tunique.
    Qu'elle se torde en ses douleurs!
    Roule, vive fusillade!
    Eclatez, petard, grenade!
    Brise, forte canonnade,
    Ces meurtrières maisons!
    Frappez, leviers, crosses, haches!
    Ces soldats ne sont pas lâches;
    Mais enfin, par nos moustaches!
    En nos mains nous les tenons!
    Sonnez, clairons et trompettes;
    Frappez, sabres, baïonnettes!
    Pas de pitié, mais la mort!

Que le sang de ces poitrines
Coule en nappes purpurines!
Règne la loi du plus fort!

Ruine! débris! massacre! — ô vengeance! vengeance!
Lavons bien dans ce sang les revers de la France,
Et qu'il n'en reste plus un vestige à son front.
En avez-vous assez, ô mânes de nos frères?
O France, sommes-nous braves comme nos pères?
L'Arabe a-t-il assez payé pour ton affront?
Résonnez, brillantes fanfares!
Aux sommets neigeux de l'Atlas,
Dites la chute des barbares,
Et nos périls et nos combats.
Pour toi, France, ô belle Patrie!
Qu'il est doux d'être triomphants!
Déjà ta noble voix publie
Ta tendresse pour tes enfants!..
Clairons, sonnez notre victoire!
Et toi, que bénira l'histoire,
En masse autour de toi serrés,
O de gloire, pur météore,
Puisses-tu nous guider encore,
Sainte bannière tricolore!.. —
Russes, prussiens, quand vous voudrez?

Novembre 1857.

ELLE EST A MOI!

ELLE est à moi celle que ma pensée
      Avec ardeur,
Rêvait naguère, haletante, insensée
      Par la douleur.
Son doux souris, sa gaîté que j'adore,
      Ses feux constants
Dans mon été bien souvent font éclore
      Fleurs de printemps.
Fuyez, vain bruit, tumulte du grand monde,
      Splendeurs de roi,
J'ai de bonheur une source féconde :
      Elle est à moi !

Elle est à moi ! le charme de la veille,
    Dès le matin,
Promet toujours une ivresse pareille
    Au lendemain.
La volupté dans son œil étincelle,
    Et dans mon cœur
Vient éveiller toujours fraîche et nouvelle
    Molle langueur;
Son doux parler à chaque instant me cause
    Un tendre émoi !
Je bois l'amour sur ses lèvres de rose :
    Elle est à moi !

Elle est à moi ! sa tendresse me donne
    De nouveaux jours.
Elle est mon dieu, mon culte, ma madone,
    Mon seul recours ;
Simple et modeste, ignorante et rieuse
    De sa beauté,
Elle est charmante et noble et gracieuse
    En sa bonté.
L'idolâtrer, au monde entier le dire :
    Voilà ma loi !
Par elle, enfin, je pense, je respire :
    Elle est à moi !

A ÉDOUARD DAUTREVILLE.

ÉLÉGIE.

Qui de nous.............
N'a trouvé son ami pleurant sur un cercueil!
Victor Hugo. — *Odes.*

Moi....... ma muse fidèle
Se souvient de ceux qui sont morts.
Id.

I.

Le jour où, s'entr'ouvrant, sans effort, sous la bêche
De l'indifférent fossoyeur,
La terre te reçut dans la funèbre crèche
Qui te donne la paix, nous laissant le malheur,
Je t'ai promis, ami, du fond du cœur,
De venir te pleurer, rêveur,
Aux lieux où maintenant, hélas! tu dors tranquille,
Fidèle au rendez-vous, me voici, Dautreville :
Écoute les accents de ma vive douleur.

4

Le ciel semble complaire à ma mélancolie ;
Il s'est enveloppé d'un long voile de deuil
Qui se déroule au loin comme un vaste linceuil ;
De silence et d'horreur la nature est remplie ;
    Seule, ici-près, l'onde qui se déplie
Murmure sourdement d'une voix affaiblie,
    Comme une plainte échappée au cercueil ;
        Les cimes des arbres jaunissent ;
D'un froid soleil les rayons qui se glissent
        Entre les rameaux dépouillés ,
Meurent sur les gazons par la fange souillés ;
        Les feuilles , pâles, desséchées,
        Tristes précurseurs des hivers,
Par un souffle d'automne aux branches arrachées
        En se froissant, au sein des airs
Tourbillonnent long-temps en funèbres volées,
Puis, retombant à flots sur les froids mausolées,
D'un frôlement léger font grincer leur paroi :
Au fond du cœur serré s'éveille un vague effroi.

        C'est l'heure des graves pensées,
        L'heure du touchant souvenir,
        Où toutes les peines passées
Dans l'âme en un faisceau viennent se réunir ;
        C'est l'heure où l'âme qui succombe,
        De la vie implorant le soir,

Aime à se confier au secret de la tombe,
        Son refuge et son seul espoir ;
        C'est l'heure où les amitiés saintes
Sesouviennent!..—Lecœurremplid'untristeémoi,
Pour dire mes regrets, mes douloureuses plaintes,
        Dautreville, je viens à toi.

II.

        Ainsi, ces pressentiments sombres,
    Qui bien souvent, jusques à nos côtés,
Passaient en s'agitant comme de pâles ombres
        Devant tes regards attristés,
        Et ces amertumes profondes
        Qui venaient de leurs froides ondes,
        Cher Edouard, gonfler ton sein ,
        Non, ce n'étaient pas des chimères,
        Mais les confidences austères
        De l'impitoyable destin !

Ils ne t'ont pas trompé !... Dans l'été de ton âge,
Ouragan imprévu, la mort vient t'arracher
        A tout ce qui charme le sage,
Aux seuls biens d'ici-bas qui pouvaient te toucher :
        Les saints amours de la famille,
        Le soir, près du foyer qui brille,
        D'un jeune enfant les doux ébats,

Les purs transports d'un cœur à l'unisson du nôtre,
Une femme, de paix, de bonheur doux apôtre,
Endormant nos soucis, nos chagrins, dans ses bras!
    Tu connus cette douce extase,
    Veuve d'ambitieux désirs,
    Où les jours sont comme une gaze
Que brodent en jouant les plus chastes plaisirs.
    Les fleurs, les champs, la belle poésie,
Te servaient tour-à-tour leur suave ambroisie ;
De la vie où, souvent, insectes importuns,
Nous volons, fatigués de nos folles envies,
Abeille délicate, en tes courses fleuries
    Tu n'aspirais que les plus doux parfums !

    Combien j'aimais ta causerie
    Qui venait s'orner tour-à-tour
    D'une aimable plaisanterie,
Ou de graves propos, ou de pensers d'amour !
    Que de fois Hugo, que j'adore,
    La délicieuse Valmore,
    Châteaubriand ou Béranger,
    Ou la muse sainte et divine,
    Du grand et noble Lamartine,
    Nous ont rendu le temps léger !
Et quel pur sentiment gonflait notre poitrine,
    Quand, dans un entretien chéri,

Nous entre-mêlions, heureux pères !
Ainsi que de gracieux frères,
Mon Stanislas et ton Henri !

Combien j'aimais les élans de ton âme,
Lorsque, sur des ailes de flamme,
Notre pensée, en franchissant les airs,
Planait sur les destins de ce vaste univers !
Fidèle à la raison sacrée,
Ton esprit par l'erreur ne put être absorbé,
Fier, dédaigneux devant la sottise dorée,
Ton front ne s'est jamais courbé.

III.

Mais, du milieu de nos rêves sublimes,
S'élevait lentement un spectre décharné
Qui, s'asseyant parmi les fantômes intimes,
Venait glacer d'effroi ton esprit étonné.
Nouveau Macbeth, des voix funèbres
Venaient te révéler l'affreux arrêt du sort,
Et tu voyais, au sein des plus sombres ténèbres,
Un doigt mystérieux qui te montrait la mort.
Alors, pâle et souffrant, plein de mélancolie,
Tu ne trouvais au fond de la coupe de vie
Que tu vidais avec effort
Rien que l'absinthe amère et qu'une épaisse lie!...

Hélas ! en gourmandant ce pressentiment noir,
  Je souriais à tes craintes plaintives,
Et ton ombre, pourtant, erre aux fatales rives ;
  Et sur ta tombe, ami, je viens m'asseoir !...
Ah ! je t'avais promis d'être un jour ton poète,
    Et, dans des vers éclos du cœur,
    De chanter ta douce retraite,
Tes purs loisirs, ton tranquille bonheur !
Et dans l'enclos funeste où, deux fois, sur ta trace
Je suis venu, calmant ton chagrin déchirant,
  Lorsque la mort posa sa main de glace
Sur deux êtres chéris que tu pleuras souvent,
  Hélas ! je viens reconnaître ta place
    Entre ton père et ton enfant !...

    Eh bien ! ô mon cher Dautreville !
    Souvent à ton dernier asile,
    Pour m'entretenir avec toi,
Je reviendrai ; rêveur, et le front triste et pâle,
Je veux y méditer sur cette loi fatale
Qui brise nos destins sans pitié pour nos pleurs ;
    Je reviendrai dire à ton mausolée,
      De ta compagne désolée
      Les longues et chastes douleurs ;
J'y viendrai te porter de tes amis sincères
    Les incessants et douloureux regrets.

Dans cette enceinte où le sombre cyprès
Croît dans un sol trempé par des larmes amères,
Je viendrai te pleurer sous l'œil puissant de Dieu.
Ami, repose en paix ! — Cher Edouard, adieu !

Octobre 1843.

STANCES

Écrites sur l'album des Chanteurs Montagnards
de Bagnères-de-Bigorre.

ENFANTS chéris de la belle Bigorre,
Oh ! vous avez rallumé dans mon cœur
Ce feu sacré qui charme et qui dévore :
Source de joie ou de sombre malheur.

Oui, vos accents, dans mon âme saisie,
Doux ménestrels des rives de l'Adour,
Ont réveillé la belle poésie
Et ses pensers et de gloire et d'amour.

Gais troubadours ! vous passez comme un songe
Pour embellir notre profonde nuit ;
A votre aspect le bonheur se prolonge,
Et le chagrin s'évapore et s'enfuit.

Vous parcourez la terre, et sur vos traces
Vous répandez les plus suaves airs ;
La mélodie et les touchantes grâces,
Sans nul effort, naissent de vos concerts.

Amis heureux, combien je vous envie
Ce beau talent, votre plus pur trésor !
Soyez bénis, et que sur votre vie
Brille toujours un ciel d'azur et d'or !

En répétant le saint nom de Bagnères,
Le cœur ému, tous vous donnant la main,
Marchez unis en chantant, ô mes frères !
Dieu veillera sur vous dans le chemin.

Ah ! regagnez cette belle contrée
Où croît l'olive et le doux oranger ;
Revoyez là la patrie adorée
Que font aimer vos chants à l'étranger.

Là, chaque jour, que des lèvres vermeilles,
Sur votre bouche, ivre de volupté,

Fassent couler, d'amour douces abeilles,
Le pur nectar de la félicité.

Amis, adieu ! que l'amour et la gloire
Pour vous de fleurs parsèment l'avenir :
Vos airs naïfs restent dans ma mémoire
Comme un parfum d'enivrant souvenir !

1842.

IMITATION DE GOËTHE.

D'un songe affreux fuyant la sombre horreur,
C'est vainement, lorsque renaît l'aurore,
Qu'en m'éveillant, consumé de terreur,
J'étends les bras vers celle que j'adore.

En vain, trompé par un mensonge heureux,
Je crois, près d'elle assis dans la prairie,
Presser la main d'une amante chérie
Et la couvrir de baisers amoureux.

Long-temps ma main sur ma couche brûlante
Court et s'égare, en croyant la saisir;
Lorsque mon âme, en sa fièvre enivrante,
Bondit et vole au-devant du plaisir;

Je me réveille au milieu des ténèbres,
Le cœur gonflé de sinistres douleurs,
Et l'avenir s'offre à mes yeux, en pleurs,
Pâle, et le front ceint de voiles funèbres!

1820.

UN BAL D'ENFANTS.

A Mⁱˢ Bourlou de Sarty.

J'ai souvent entendu, Madame, en vos soirées,
Des Kœlla, des Muller, les notes inspirées ;
Et l'orchestre emplissant de ses bouillants transports
Vos splendides salons ; et l'atmosphère émue
Versant à larges flots, jusqu'au sein de la rue,
Au passant tout surpris d'harmonieux accords.

J'ai parfois entendu vos hôtes artistiques
Reproduire avec goût de nos muses comiques
Les traits fins, déliés, ou l'aimable enjouement.

Quand la walse formait son ellipse folâtre,
J'ai vu des seins gonflés, des épaules d'albâtre,
Tournoyer, palpitant d'ardent enivrement.

J'ai vu de bien beaux yeux briller, vives étoiles,
De cils longs et soyeux se formant de doux voiles,
Sous un léger nuage, astre plus dangereux,
Où, brillant de gaîté, de naïve innocence,
A la face de tous, exercer leur puissance
Sur les cœurs étonnés de trembler devant eux.

Deux portraits sont restés gravés en ma mémoire.
L'un d'une jeune fille à chevelure noire
Retombant sur son col en boucles sans apprêts.
Enfant qui vient d'éclore au tourbillon du monde,
Qui se mêle, naïve, à la foule profonde
Etonnée et ravie, ignorant ses attraits;

L'autre offre un aliment plus mûr à la pensée :
D'anneaux blonds et flottants sa joue est caressée,
L'intelligence luit sur son front gracieux,
Sa lèvre avec réserve accorde un doux sourire :
Dans ses traits, dans son geste, on voit qu'elle sait lire
Au livre de la vie, hélas! si sérieux.

Je vous ai vue, aimable et gaie, et souriante,
Répandre autour de vous la grâce bienveillante;

Pourtant, parfois, mon cœur gardait quelque souci,
Tant, au milieu du calme, en lui couve d'orages !
De ces chants, de ce bruit, de ces fraîches images,
Mon plus pur souvenir, Madame, le voici :

Un soir, comme en avril les fécondes prairies
S'émaillent tout-à-coup de mille fleurs chéries,
S'emplirent vos salons d'une troupe d'enfants.
On eût dit le printemps, de sa riche corbeille,
Répandant sa moisson gracieuse et vermeille :
De tous côtés, c'était des ris naïfs, des fronts charmants.

Et les pères, heureux, à la foule enfantine
A grand'peine du bal traçant la discipline,
Aux sons de la musique, on la vit se mouvoir,
Et garçons pétulants et fraîches jeunes filles,
Se croisaient, se pressaient, trop novices quadrilles,
Désordre gracieux, doux, enivrant à voir.

Parmi tous ces enfants, que la musique entraîne,
Une brune, aux yeux noirs, régnait en souveraine !
Vive, aisée, et levant le front avec fierté,
Son œil étincelait, et son coquet sourire,
Se répandant sur tous, rayonnant, semblait dire :
Un jour, vous fléchirez devant ma volonté.

Une autre au ciel sans doute emprunta sa nature :

Son front est pur et blanc ; sa blonde chevelure,
En longs anneaux touffus et simplement bouclés,
Retombe sur un col de colombe timide ;
Ses yeux tristes et doux, pleins d'une flamme humide,
Semblent pleurer déjà sur les jours écoulés.

Au milieu des transports de la foule joyeuse,
Elle avançait, touchante, et noble, et sérieuse.
On eût dit que son cœur était près de gémir.
Que de germes d'amour, de pure et chaste flamme
La nature a déjà déposés en cette âme !
Ah ! puissent les destins ne pas les y flétrir !

Que l'âme était émue à lire les présages
Du lointain avenir sur ces jeunes visages
A deviner l'instinct de tous ces jeunes cœurs !
Comme elle se serrait à penser que la vie
Gardait au plus grand nombre, en sa coupe tarie,
L'absinthe des regrets et le fiel des douleurs !

Mais les tristes pensers duraient peu. — Quel délire
Dans le bal enfantin ! quel joyeux et fou rire,
Et quelle longue ivresse alors que les plateaux
Parmi les cavaliers à l'âme insoucieuse,
Oubliant et l'orchestre, et même les danseuses,
Arrivaient couronnés d'appétissants gâteaux !

Toutefois, dans ses pas comptés, la contredanse
Allait mal aux instincts de cette belle enfance !
Déjà l'ennui pesait sur les fronts tout glacés ;
Mais, ô bonheur ! l'orchestre, en son joyeux murmure,
Du rapide galop a frappé la mesure. —
Oh ! comme les voilà tout-à-coup élancés !

Place ! place aux enfants ! La chaîne est enlacée.
En avant ! chaque main par une autre est pressée ;
Les yeux brillent, les fronts rayonnent de plaisir !
Le sourire, entr'ouvrant les lèvres fraîches, roses,
Fait naître au fond des cœurs l'oubli de toutes choses :
Un bonheur saint et chaste épure tout désir.

Les pas pressent les pas : tout s'ébranle de joie.
La colonne bruyante incessamment tournoie,
Va, court, revient rapide, et d'un cercle joyeux
Emprisonne la foule, en un point resserrée,
Qui regarde passer la cohorte sacrée,
Le cœur ému, des pleurs de bonheur dans les yeux.

O belle et sainte enfance, à jamais sois bénie !
Quand, les pieds déchirés aux ronces de la vie,
On s'arrête, lassé des hommes et du sort,
Un geste, un mot de toi, quelque douce caresse,
De l'âme endolorie efface la tristesse,
Et, pour t'aimer, ses vœux n'appellent plus la mort !

5

ENVOI DE LA PIÈCE PRÉCÉDENTE

En réponse à une invitation.

En recevant, hier, votre aimable missive,
Mon âme est demeurée étourdie et pensive.
    Pour même fait, depuis long-temps,
    Je vous dois des remercîments;
    Car souvent votre bienveillance
    Etend son heureuse influence
Jusque sur l'atmosphère épaisse des bureaux.
Vous nous initiez dans vos salons, si beaux,
Au charme des concerts, aux doux jeux de la scène :
Fêtes des arts dont vous êtes la reine !
    Or, comment vous remercier
    De vouloir bien m'associer
  A ces plaisirs? D'autres, moins insolites,
    Iront vous rendre des visites
A cet effet. Mais moi, je suis peu visiteur;
Je crains d'être importun et suis mauvais parleur;
    Puis, au bon ton, ma nature est ingrate;
Je n'ai jamais bien su faire un nœud de cravate :
Or, comment, ainsi fait, oser me présenter?

Pourtant, j'essaie aujourd'hui d'acquitter
Une faible partie, il est vrai, de ma dette.
Ma muse, mieux que moi, sait faire sa toilette :
Daignez lire ces vers, Madame, avec bonté.
Homme, je me tairais : poète, j'ai chanté.

1841.

NON PAS ADIEU, MAIS AU REVOIR!

A J. R.

Encore une fois, l'heure sonne
Qui de mes bras va t'arracher!
Indulgente amie, ah! pardonne
Des pleurs que je n'ai pu cacher.
Pourtant un fortuné présage
Dans mon cœur rallume l'espoir!
Pour l'avenir, joie et courage:
Non pas adieu, mais au revoir!

Toi qui vins avec tant de charmes
Me relever sur le chemin,
Mêler tes larmes à mes larmes,
Et dans ma main placer ta main ;
Toi qui, par un doux vasselage,
D'aimer fait un tendre devoir ;
Pour l'avenir, joie et courage :
Non pas adieu, mais au revoir !

Des chagrins cuisants de l'absence,
Que l'amour calme les rigueurs ;
Que l'amitié, par sa constance,
Pare nos fronts de quelques fleurs.
Le jour est troublé par l'orage ;
Mais l'azur renaîtra le soir !
Pour l'avenir, joie et courage :
Non pas adieu, mais au revoir !

Ton chaste regard est l'étoile
Qui me guide vers le bonheur !
Laisses-en donc tomber ce voile
Qui vient le couvrir de douleur.
Vois ! le but du pélerinage
Perce et brille à l'horizon noir !
Pour l'avenir, joie et courage :
Non pas adieu, mais au revoir !

MÉLANCOLIE.

Poursuis lentement ta carrière,
Astre pur, au disque argenté;
Verse avec tes feux, sur la terre,
Le calme et la tranquillité!

De ton globe mélancolique
Mon œil aime à suivre le cours;
Un attrait doux et sympathique
A lui semble unir tous mes jours.

De sa bienfaisante lumière
Le charme adoucit mes douleurs !
Je sens, à travers ma paupière,
Plus lentement couler mes pleurs.

Combien en verserai-je encore,
Dans le vain espoir des plaisirs,
Avant que celle que j'adore
Réponde à mes tendres désirs ?

Combien, sur ma couche brûlante,
Brilleront tes rayons si beaux,
Sans que sa voix pure et touchante
Vienne suspendre mes sanglots !

Sans que, sur sa bouche amoureuse,
Je puisse aspirer bien long-temps
Cette haleine voluptueuse
Dont le charme enivre mes sens !

Que je voudrais, astre insensible,
Changeant de destin chaque nuit,
Devenir le rayon paisible
Qui vient éclairer son réduit !

Sous le toit où ma jeune amie,
Le soir, livre son corps charmant

Au doux repos, qu'en vain j'envie,
Je pénétrerais doucement !

Sur son joli front que décore
L'ébène de ses beaux cheveux,
Et que la pudeur vient encore
Embellir de ses chastes feux !

Sur ses paupières séduisantes,
Qui recèlent tant de langueur
Et tant de flammes dévorantes,
Je passerais avec lenteur !

Sur sa bouche fraîche et jolie,
Où mes lèvres ont bu l'amour !
Sur son sein, dont ma main hardie
Un jour effleura le contour,

Je glisserais avec mollesse !
Long-temps je m'y reposerais :
Peut-être même... ô folle ivresse !
O tourment de flamme ! ô regrets !...

Va, poursuis ta douce carrière,
Astre pur, au disque argenté,
Loin de moi, répands sur la terre
Le calme et la tranquillité !...

L'ABSENCE.

Temps d'absence et de deuil précipite ta course!
Soleil, astres sacrés propices à l'amour,
De mes ennuis cuisants venez tarir la source;
Dans mon épaisse nuit faites briller le jour!

Oh! rendez-moi ces yeux où la douceur respire;
Cette voix dont l'accent dit : Amour et Bonté;
Ce front calme et serein dont la grâce m'inspire;
Ces lèvres où mon cœur puise la volupté!

Rendez-moi ces instants, pleins de mélancolie,
Où nous sommes si bien loin du monde, à l'écart,
Où dans un doux silence on s'égare, on s'oublie :
Temps d'extase où le cœur parle par le regard.

Rendez-moi ces transports pleins de chastes ivresses,
De l'âme vers le ciel ineffables élans,
Cette simple gaîté, ces suaves tristesses,
Ces mots interrompus de baisers enivrants.

Quand reviendra vers moi ma Jeannette adorée,
Souffle pur du printemps murmure avec douceur ;
Astres amis, brillez dans la plaine éthérée :
Embellissez, fêtez, bénissez mon bonheur !

SERMON.

Pour m'écouter, enfant, viens près de moi,
Charmante fleur éclose à Romainville,
Parmi les fleurs de ce pré si fertile
Il n'en est pas d'aussi fraîche que toi.

    Ton front est pur; une Andalouse
    De tes cheveux serait jalouse;
    Ton regard rempli de langueur
    Fait rêver et battre le cœur;
    Ta joue est ronde, colorée,
    Bien que par le soleil dorée.

Vive, en chantant, par les sentiers tu cours,
Et ta démarche est leste et gracieuse.
Ta lèvre ouverte, un peu malicieuse,
Semble inviter aux folâtres amours.

> Crains l'amour! Enfant, à ton âge,
> Difficile est de rester sage.
> Seule ainsi, ne fais point aux bois
> Résonner l'éclat de ta voix;
> Prends bien garde, pauvre petite,
> De te laisser cueillir trop vite!

Sur le rosier, souvent, gentille fleur
Croît pour charmer l'odorat et la vue
Pour plus d'un jour, et l'âme en est émue.
Mais qu'au jardin survienne un amateur,

> Dans son égoïste vertige
> Il ravit la rose à sa tige,
> Et, dans un vase appauvri d'or,
> Il va déposer son trésor.
> Hélas! après la matinée
> Plus d'odeur!.. La rose est fanée!

Pour l'amateur beau sujet de souci! —
» Elle est à moi! pour moi seul qu'elle meure;

» D'autres encor s'ouvriront dans une heure. »
Les amoureux, souvent, pensent ainsi.

Mais ton regard distrait, pétille.
Tu n'écoutes pas, jeune fille,
Et ton sein se gonfle, agité
D'un vague instinct de volupté.
L'amour pour toi n'a que des charmes :
Tu ne peux pressentir les larmes !...

Ne rougis pas; ne baisses pas les yeux.
Il est si doux, n'est-ce pas, d'être aimée
Et de causer le soir, sous la ramée,
Loin des mamans, des sots, des envieux ?

Enfant! oui, l'amour c'est la vie!
Oh! je te plains et je t'envie!
Mais je crains pour toi les douleurs.
Tes yeux sont-ils faits pour les pleurs ? —
Allons, va-t-en, jeune amoureuse;
Mais, surtout, tâche d'être heureuse !..

1857.

A M. ***

Remerciement à une invitation pour une Soirée.

L'humble ruisseau qui fuit dans la plaine, émaillée
    Des plus aimables fleurs,
Jamais au fleuve errant dans la cité souillée
    N'envia ses rumeurs.

Le simple oiseau qui chante au nid de sa famille,
    Couvert d'ombre et de paix,
Ne le quittera pas pour la vaine charmille
    Dont s'ornent les palais.

Comme le simple oiseau, j'ai mon ombre chérie
    Où j'aime à respirer ;
Comme l'humble ruisseau, j'ai ma verte prairie
    Où j'aime à m'égarer.

La grâce d'un enfant à tête fraîche et blonde
    Vient égayer mes jours,
Et d'amour quelque fleur effeuillée en mon onde
    En parfume le cours.

Si ton œil, au salon ouvert par l'étiquette,
    En vain m'a pu chercher,
Oh ! pardonne-le-moi ! De ma douce retraite,
    Je n'ai pu m'arracher !

Là, mon cœur, aux transports enivrants de l'étude,
    Se sent épanouir !
Qu'un instant il se froisse avec la multitude
    Tout va s'évanouir.

Malheur à qui, crédule aux splendeurs des bougies,
    Se mêle au tourbillon
Où vient toujours le faste , en ses froides orgies,
    Planter son pavillon !

Car le temps qui, joyeux, rapidement s'écoule
    En d'intimes plaisirs,

Chargé d'ennuis, se traîne au milieu de la foule
    Lasse de ses loisirs ;

Car tant de lâchetés s'y parent d'un sourire
    De grâce et de douceur !
Tant de cœurs ulcérés y cachent leur martyre
    Sous un voile menteur !

Là, tandis que le monde élève son trophée
    A la servilité,
L'âme fière gémit, incomprise, étouffée,
    Ou perd sa liberté.

Mais que dis-je ? Et qui sait au tumulte des fêtes,
    Retrempant ma vigueur,
Combien s'éveilleraient d'orageuses tempêtes
    Qui dorment dans mon cœur ?

Oh ! malheur ! retrouvant l'accent qui gronde et tonne,
    Si ma voix sans détours,
Soudain, allait troubler l'ivresse monotone
    Par de mâles discours ;

Si j'allais, divulgant de l'égoïsme immonde
    Les infâmes secrets,
De l'avenir qui doit régénérer le monde
    Formuler les décrets ;

Si, réclamant des droits, à ce monde frivole,
    Pour la CAPACITÉ,
J'écrivais sur les murs ce glorieux symbole :
    BONHEUR ! FRATERNITÉ !

Détournant leurs regards du but noble et suprême
    Au zénith éclatant,
Ces hommes, ils fuiraient un frère qui les aime !
    Oh ! qui les aime tant !...

Et je serais semblable au voyageur qui tombe
    Dans un enclos de deuil
A l'heure où chaque mort, pâle, sort de sa tombe,
    Vêtu de son linceuil.

Tremblant au feu de vie errant sous sa paupière,
    Ils n'osent l'approcher ;
Lui, de peur de les voir retomber en poussière,
    Craindrait de les toucher.

Il reste là, muet, marqué pour le supplice,
    Et le froid des tombeaux
Le saisit : plein d'horreur, il le sent qui se glisse
    Jusqu'au fond de ses os.

C'en est fait ! et bientôt, sur la funèbre arène,
    Parmi ces morts affreux,

Il tombe, pâle et froid, épuisé, sans haleine,
  Et cadavre comme eux !..

Oh ! non, non ! laisse-moi dans mon coin solitaire,
  Confiant et rêveur,
Isolé des vains bruits, des peines de la terre.
  Là, toujours, de bonheur,

La part de chaque jour suffit à la journée :
  Rien ne vient refroidir
Le souffle heureux par qui ma jeunesse fanée
  Commence à reverdir.

Là, calme et me livrant aux purs transports d'une âme
  Qui ne veut rien qu'aimer,
Qu'un regard, un baiser, un sourire de flamme,
  Viennent me ranimer ;

Je murmure des chants que paie un frais sourire
  Plus précieux que l'or,
Et j'amasse des fruits échappés à ma lyre
  Le modeste trésor.

Là, quelques noms chéris revivront, je l'espère,
  Sacrés par mon amour ;
Là, je déposerai mon âme tout entière ;
  Là, peut-être qu'un jour,

De ton aïeul aimé suivant la noble voie,
     Si, grâces à tes soins,
Le malheur s'accoutume à redire avec joie
     Ton nom dans ses besoins ;

Si de l'humanité triste, mais sainte et belle,
     Insultée en ses droits,
Toujours tu fais monter la plainte solennelle
     Jusqu'au trône des rois ;

Ton nom se placera parmi les noms que j'aime
     Sans effort, et mes vœux
Appelleront sur toi de la bonté suprême
     Les dons les plus heureux !

Mais laisse-moi semer de rêveuses pensées
     Le jard, aux verts tapis,
En les rafraîchissant aux vagues courroucées
     Qui grondent au pertuis.

Pourtant, si tu connais quelque noble victime
     Que l'on doive accuser ;
Si tu sais quelque part un apôtre du crime
     Qu'il faille terrasser ;

S'il est quelque blessure encor mal étanchée
     Menaçant de s'ouvrir,

Ou bien, par la douleur, quelque tête penchée
    Qu'il faille soutenir,

Quand d'autres resteront sourds aux cris de la plainte,
    Ou pâliront d'effroi
Devant le vice heureux et triomphant, sans crainte ;
    Alors, appelle-moi.

Mes rêves enchantés qui font toute ma joie,
    Mon tranquille loisir,
L'atmosphère d'amour où mon âme se noie,
    Pour renaître au plaisir,

J'abandonnerai tout. A ma voix, l'innocence
    Relèvera les yeux ;
Je saurai souffleter la honteuse insolence
    Du méchant orgueilleux.

Mes pleurs, en arrosant la blessure mortelle,
    La cicatriseront ;
De l'affligé, ma main pieuse et fraternelle
    Relèvera le front ;

Car la vérité veut un culte de courage
    Et d'ardentes ferveurs ;
L'infortuné qui souffre a besoin qu'on partage
    Son espoir ou ses pleurs,

Et je suis de ceux-là qui, sachant les misères,
    Aiment à consoler,
Qui refusent le joug, mais, toujours pour leurs frères,
    Sont prêts à s'immoler.

1839.

SALVE REGINA.

(Imitation.)

Salut, reine du Ciel, chaste mère d'un Dieu !
Ton amour est pour nous la vie et l'espérance.
D'Ève malheureux fils, exilés en ce lieu,
Vers toi nous élevons le cri de la souffrance.
Ah ! quand nous gémissons dans ce vallon de pleurs
Sur nous daigne jeter un regard favorable ;
Accueille nos soupirs et, plaignant nos malheurs,
Vierge, sois notre appui près d'un Dieu redoutable !
Et quand de notre exil arrivera la fin,
O modèle sacré de douceur, de tendresse !
Laisse-nous voir Jésus, ce doux fruit de ton sein :
Nos cœurs tressailleront d'une sainte allégresse !

A Mⁿᵉ AMÉLIE J.

En lui envoyant mon premier volume.

Errant sur la mer orageuse,
Le marin, ennuyé du bord,
S'il touche à quelque plage heureuse,
De son âme simple et joyeuse
Laisse éclater le doux transport.

Il nomme avec reconnaissance
Ce sol aimable, hospitalier,
Dont l'aspect lui rend l'espérance ;
Les privations, la souffrance,
Les pleurs, il va les oublier !

Tel je suis. — Dans ma sombre voie,
Lorsque brille un regard ami
Je me sens renaître à la joie ;
Je bénis quiconque l'envoie
Consoler mon cœur raffermi.

O bienheureux celui qu'accueille
L'amitié sans ses rameaux d'or ;
Qui peut en ravir une feuille
Et, tendre, en son sein la recueille
Ainsi qu'un précieux trésor !

Dans le mien toujours, Amélie,
Vivra votre pur souvenir,
Comme un des plus doux de ma vie ;
O sœur, par l'âme de l'amie,
Pour qui je veux vivre ou mourir !

Lorsque sa douceur angélique
Sur moi versera le bonheur,
Parfois un penser sympathique
M'arrachera, mélancolique,
Un soupir pour votre douleur.

Alors, oh! bien souvent, Madame,
Mes vœux appelleront sur vous

L'oubli des maux, divin dictame,
Qui rend des forces à notre âme
Pour combattre le sort jaloux.

Près de vous mon livre, parcelle
D'un feu qui doit me consumer,
Restera ; puisse une étincelle
En jaillir, parfois, pure et belle,
Et vos tristesses les calmer !

Puissent vos yeux sur quelque page
Se reposer avec plaisir,
En y laissant tomber pour gage
Une larme, suprême hommage
Pour qui sait aimer et souffrir !

1837.

LE RETOUR.

De bords lointains, vieux pâtre,
Je reviens à l'instant.
Verrai-je, près de l'âtre,
Un ami qui m'attend ?
— Par les ans, la misère,
Les hommes sont vaincus.
Le chagrin croît sur terre :
Tes amis ne sont plus !

Avec un doux murmure,
Un ruisseau sinueux
A travers la verdure
Suivait son cours heureux.
— Le soleil, dans sa course,
De ses flots épandus
A desséché la source :
Le doux ruisseau n'est plus !

La fraîche pâquerette
Ornait ces lieux charmants :
Là, rose et violette
Croissaient pour les amants....
— Hélas ! de nos prairies
Les zéphirs disparus
Les ont laissé flétries,
Et les fleurs ne sont plus !

Et le berceau, dont l'ombre,
Vers le soir des beaux jours,
Couvrait d'un voile sombre
Le secret des amours !
— Jeune homme, à ce rivage
Tous les vents accourus
Ont fait gronder l'orage,
Et le berceau n'est plus !

Et la jeune bergère
Aux contours attrayants,
Taille svelte et légère,
Blonds cheveux ondoyants?
— Ah! tout naît et s'efface
Dans ce monde confus!
La beauté brille et passe...
La bergère n'est plus!

Oh! mon âme est glacée!
Mais, bon vieillard, je vais
Chanter ma fiancée
Et tout ce que j'aimais...
— Le soir, près d'une pierre,
On vit, triste et pieds nus,
Le vieux pâtre en prière...
Le chanteur n'était plus!...

A CHRÉTIEN,

Ouvrier Ferblantier à Châlons.

I.

Dans ces temps de chaos où la grande famille
    Qui compose le genre humain,
Marche à tâtons, cherchant quelque lueur qui brille
    Pour la guider dans son chemin;
Quand, chacun, las d'errer au milieu des ruines,
Las de se déchirer aux ronces, aux épines,
Tombe épuisé, parfois à l'horizon, si noir,
Serpente un long éclair; sa force magnétique
Verse dans l'atmosphère un fluide électrique,
Et chaque voyageur, cédant à son pouvoir,
    Se lève et marche, ivre d'un saint espoir !

Et tous ceux qui, frappés de cécité funeste,
  N'ont pas pu voir luire le feu céleste,
S'étonnent de l'élan qui circule autour d'eux.
« Pourquoi donc, disent-ils, ces cris, ces chants joyeux ?
De cette foule, hier ployant sous la souffrance,
  Po urquoi le pas rapide, impétueux,
    Frappe-t-il le sol en cadence? »

Et mille voix soudain : « Le bonheur est là-bas !
Encor un seul effort et c'est tout! Plus d'alarmes,
  Frères, venez ! Si vous êtes trop las
    Nous vous porterons dans nos bras :
Cette douce fatigue aura pour nous des charmes.
Si d'amers souvenirs réveillent vos douleurs,
Nos baisers fraternels étancheront vos pleurs,
  Mais plus de doute, de murmure;
En parlant de bonheur aux hommes, la nature
Ne les a pas bercés d'un espoir décevant :
Il ne faut que s'aider pour l'atteindre. — En avant ! »

II.

Cet éclair sillonnant l'horizon triste et sombre,
  Et venant illuminer l'ombre
Dans laquelle le monde avance lentement,
O mortels ! c'est l'Amour, de sa flamme immortelle

Dans une âme éprouvée éveillant l'étincelle,
  D'où va naître le DÉVOUEMENT.

    Dans nos jours d'angoisse profonde
    Où rien n'éclot au fond des cœurs
    Que l'égoïsme affreux, immonde,
    Et ses incessantes fureurs,
    Le DÉVOUEMENT est l'auréole
    Dont l'éclat ranime et console
    Le monde en sa marche arrêté :
    Sentiment d'auguste innocence,
    Réunissant dans son essence
    JUSTICE, COURAGE et BONTÉ !

  Mais cette flamme vive et pure
Ne peut croître qu'au sein de généreux mortels,
    En qui la puissante nature
En traits de feu grava ses dogmes éternels.
    L'ambition et la richesse
Tarissent trop souvent en des cœurs corrompus
    Cette source de pure ivresse,
    D'enthousiasme et de vertus.

III.

Aussi lorsque le CHRIST sous l'humble parabole
Cachait le sens profond de la sainte parole

Qu'il jetait à l'humanité :
Parole de bonheur par qui, forte et ravie,
La terre s'abreuvait aux sources de la vie
Dans le dogme sacré de la FRATERNITÉ !
Il ne conviait pas à ses leçons sublimes
Les durs pharisiens, les scribes, les docteurs,
Aux vices toujours près d'immoler des victimes,
Savants à déguiser sous des voiles menteurs
    La bassesse, mère des crimes ;
Aux voûtes des palais il ne confiait pas
Ses préceptes divins ; mais les vastes campagnes,
    Les sommets des hautes montagnes,
    Voyaient, chaque jour, sur ses pas
Du peuple se presser la foule ardente, immense.
C'est alors qu'il parlait d'amour et d'espérance !
    Et dans ces cœurs simples et purs
    Germait, pour les siècles futurs,
    La sainte et fertile semence.
Tandis qu'un vain orgueil impose à l'univers
Les systèmes menteurs de cent dogmes divers,
    « Aimez-vous ! » dit le Fils de l'homme.
Et ce mot fait pâlir la sagesse de Rome
Et tout le vain savoir des docteurs de la loi.
« Aimez-vous ! car c'est là le précepte et la foi ! »

Et la foule, en tumulte à sa voix accourue,

Du nom de Fils de Dieu le sacre et le salue.

Le peuple l'a compris; le peuple, en sa ferveur,

   Sent aux battements de son cœur

Qu'il était Dieu celui qui, brisant les entraves

   De cent tyrans fallacieux,

Criait d'une voix forte aux nations esclaves :

« Hommes libres, debout! Votre père est aux cieux! »

Le voile est déchiré! Fuyez, grossiers mensonges,

De l'univers, enfant, futiles et vains songes !

De tant de Dieux, prônés, bafoués tour-à-tour,

Il n'en reste plus qu'un, mais immortel : l'Amour!

Et sa douce influence, ineffable mystère,

Aux jours marqués viendra régénérer la terre.

IV.

Châlons! tu ressentis son pouvoir bienfaiteur

En ce jour, à la fois de deuil et d'allégresse,

   Où, comme un Dieu consolateur,

Chrétien en doux transports vint changer ta tristesse.

Oh! gardes-en toujours le sacré souvenir!

Pour moi je chanterai son généreux courage :

Célébrer la vertu c'est honorer notre âge,

   Et sanctifier l'avenir.

L'hiver régnait : dépouillé de verdure,

7

Le Jard pleurait sa brillante parure ;
Tristes, muets, de leurs joyeux concerts
Les doux oiseaux n'animaient plus les airs ;
L'eau, dans son cours d'abord froide, épaissie,
Au vent du nord s'était enfin durcie,
Et l'homme, — enfant ! — était fier de marcher
Où, hier encor, naviguait le nocher ;
Femmes, vieillards, pleins de douce folie,
Foulaient des flots la surface polie ;
Parmi la foule ardents à voltiger,
Les patineurs, essaim prompt et léger,
En longs circuits déployant leur adresse,
Rivalisaient de grâce et de souplesse :
Aux longs éclats d'une folle gaîté
L'écho joyeux répond de tout côté. —

Malheur !.... Voici qu'un cri d'horreur et d'épouvante
S'élève ! Oh ! secourez cette femme tremblante !
Tout-à-coup, au milieu de leur rapide essor,
Ses deux enfants ont fui sous la glace béante.
A cette mère en pleurs qui rendra son trésor ?
Silence !.... De vains cris pourquoi frapper l'oreille ?
Au désespoir pourquoi vous abandonnez-vous ?
S'il dort le magistrat qui doit veiller sur tous,
    Rassurez-vous : l'enfant du peuple veille !

V.

De souplesse servile et lâche revêtu,
Le peuple ! il ne va pas, puant le musc et l'ambre,
Des parvenus meubler l'insolente antichambre,
Attendant le front bas, le regard abattu,
Que l'orgueilleux patron à la fin ait paru.
Sa carrière est plus grave et d'autres soins remplie,
Un plus noble sentier par ses pas est battu :
   Chaque minute de sa vie
   Par le travail est anoblie,
   Et le travail c'est la vertu !
C'est lui qui fait germer la mâle indépendance
Dans un cœur simple et fier : sublime providence
Qui le garde de l'air corrupteur des palais
Et du contact impur des fats et des valets !

Le peuple ! il ne va point aux clartés des bougies,
Vaniteux et rampant, en de fades orgies
De somptueux habits déployer l'appareil
Et combattre en bâillant le dégoût, le sommeil ;
Mais vienne un oppresseur ; que la patrie en larmes
S'écrie : A moi, mes fils ! ô mes enfants ! aux armes !
Mais vienne l'incendie, embrasant nos remparts,
D'un spectacle de deuil attrister les regards ;

Avec joie, il ira sur les champs de bataille
Braver la baïonnette et l'horrible mitraille,
Où sur des murs brûlants, au péril de ses jours,
    Aux malheureux prodiguer ses secours ;
Car son orgueil, à lui, c'est d'être secourable,
Et, pour toute infortune, innocente ou coupable,
Il a, tant ses instincts sont empreints de grandeur !
Des larmes dans les yeux, de l'amour dans le cœur !

VI.

Cesse donc tes clameurs, ô mère désolée !
Non, pour tes fils encor le sombre mausolée
Ne s'élèvera pas. Du destin ennemi
Chrétien va détourner la cruelle menace. —
Comme au cri maternel, tout son être a frémi !
Place à Chrétien ! Plein d'une heureuse audace,
Il s'élance, hardi, sous la voûte de glace :
Deux fois il disparaît, et deux fois, triomphant,
Aux baisers de sa mère, il ramène un enfant !

    Heureux parents ! Oubliant vos alarmes,
Du foyer domestique allez goûter les charmes !
Allez ! A vos enfants, arrachés à la mort,
Faites aimer celui qui, plein d'un saint transport,
En ce jour a tari la source de vos larmes :

Faites-leur vénérer le nom de leur sauveur,
Pour vous, chaque matin, quand sur leur couche heureuse
    S'épanouira votre cœur,
    Bénissez la main courageuse
    Qui vous garda tant de bonheur !

VII.

Et toi, dont la patrie à toujours sera fière,
Salut, CHRÉTIEN ! salut ! D'un luth, pur, indompté,
Qui n'a vibré jamais que pour la vérité,
    Accepte l'hommage sincère :
Heureux de te chanter, noble enfant de Châlons,
Il te proclame ici l'un des plus beaux fleurons
    De la couronne de ta mère !

L'intègre magistrat veille sur nos foyers ;
L'apôtre vrai du CHRIST enseigne la justice,
L'amour, le dévouement ; au combat, les guerriers
Offrent pour le pays leur vie en sacrifice :
Et toi, CHRÉTIEN, tu fus, dans ce jour de douleur,
Magistrat pour veiller aux misères humaines ;
    Soldat éprouvé, plein d'ardeur,
Au devant du péril marchant sans craintes vaines ;
    ... ôtre de la charité,
Au gouffre du malheur arrachant sa victime :

Prêtre vraiment saint et sublime
Et sacré par l'humanité !

Oh ! que tes jours soient purs, et qu'en onde bénie
Sans cesse le bonheur s'épande sur ta vie ;
Que n'y croisse jamais l'épine du malheur !
Puisse, rendant un jour la vieillesse prospère,
Naître de toi des fils semblables à leur père,
Pour t'ombrager sous leur amour en fleur !

CHRÉTIEN ! la couronne civique
Eut décoré ton front jadis ;
Peut-être un marbre poétique
Eût-il, sur la place publique,
Transmis d'âge en âge à tes fils
Ton souvenir patriotique ;
Plus sacré que celui d'un fougueux conquérant,
Ton nom dans les publiques fêtes
Eut retenti, redit par la voix des poètes ;
A ta place, toujours marquée au premier rang,
Lorsque tu fus venu t'asseoir, en t'admirant,
Tremblante de respect et de reconnaissance,
La foule se serait levée en ta présence,
En poussant jusqu'au ciel ces cris en ton honneur :
« Salut, CHRÉTIEN ! salut ! C'est lui ! c'est le sauveur !
» Heureux son père ! heureux le jour de sa naissance !

Ces honneurs, ô Chrétien ! ne te sont dévolus ;
 Ces temps grandioses ne sont plus ;
Mais tous les cœurs aimants garderont ta mémoire,
 Avec joie ils la béniront ;
Du peuple, simple enfant, c'est assez pour la gloire :
Elle est grande, elle est pure, et tous te l'envieront !

VIII.

Car, soit qu'en sa faveur ou ses lâches colères
Le monde, ingrat souvent, garde à son avenir
Le repos bienfaisant ou les larmes amères,
Heureux qui se dévoue au salut de ses frères !
Pour ses jours de douleur c'est un doux souvenir :
 C'est une chaste et pure étoile
Qui des plus sombres nuits illumine le voile.
Il donne le bonheur au plus humble destin.
Mais dût l'adversité, dût la haine et l'envie
Le dévorer : heureux qui donne à tous sa vie !
Que le fer du guerrier étincelle en sa main
 Et qu'après d'illustres batailles,
Seule, la pauvreté veille à ses funérailles ;
 Que la plume de l'écrivain,
 Des droits de tous sublime auxiliaire,
En l'illustrant, de maux hérisse sa carrière ;
 Que, doué d'un cœur noble et fort,

Apôtre ardent et fier des libertés humaines,
De vils tyrans chargent ses mains de chaînes;
Honorable est sa vie; honorable est sa mort :
Envié s'il triomphe, envié s'il succombe,
A ses destins qu'importe ou la palme ou la tombe?
Le dévouement revêt le front le plus obscur
    D'une auguste magnificence;
    Sanctifiés par sa présence
    Les cachots n'ont plus rien d'impur.
Monte sur l'échafaud la victime héroïque !
Elle y va s'entourer d'une splendeur pudique :
Ce n'est plus l'échafaud hideux ! C'est un autel,
Où, dépouillant ce qu'il a de mortel,
Le martyr glorieux, sublime de puissance,
A la face de tous proclame sa croyance,
Et, le front haut, marqué pour l'immortalité,
S'élève, calme et pur, à la Divinité !

JE T'AIME AINSI.

A J. R.

Qui t'aimera jamais comme je t'aime ?
Personne. Oh ! non : crois-en ton souvenir,
Ma bien-aimée ; oh ! tu l'as dit toi-même.
De tel amour qu'appelle le désir
Je t'aime ainsi : par toi la poésie
Coule en mon cœur à flots délicieux,
Et ton baiser est pour moi l'ambroisie
Qui me ranime et m'entr'ouvre les cieux.

Quel charme épand sur nos jeunes années
La gaîté chaste et fraîche d'une sœur !
Sa voix, ses jeux, enchantent les journées :
Que passe alors la vie avec douceur !
Je t'aime ainsi : ton gracieux sourire
Sèche en mes yeux les pleurs prêts d'échapper ;
Auprès de toi le temps n'a plus d'empire
Et le malheur n'ose pas me frapper.

Pour un enfant que de sollicitude !
Comme l'on craint la vie et ses combats !
Comme on voudrait lui faire un peu moins rude
Le dur sentier où chancèlent ses pas !
Je t'aime ainsi : je tremble de l'absence ;
Je crains pour toi l'aiguillon du malheur,
Et je voudrais conjurer la souffrance
Ou sur moi seul attirer la douleur !

Aimer sa mère ! Oh ! quelle ivresse pure !
De voluptés quel long enchaînement !
Dans sa bonté l'immortelle nature
N'a pu créer un plus doux sentiment.
Je t'aime ainsi : tu m'es chère et sacrée
Comme le sein qui me donna le jour,
Et tes vertus dans mon âme enivrée
Versent le calme, et la joie, et l'amour.

Aimer, c'est bien n'avoir qu'une pensée;
Qu'un nom chéri qu'on adore à genoux :
Un saint transport qui, dans l'âme lassée
Aux jours de deuil, promet des jours plus doux.
Je t'aime ainsi : car ta vie est ma vie;
Car dans tes bras je voudrais l'épuiser;
Car je voudrais un jour, ô mon amie,
Sur ton beau sein, m'éteindre en un baiser!

A Mlle ANAÏS FARGUEIL

Ne tentes pas la mer haute et profonde,
Chère Fargueil ! Eh ! qu'irais-tu chercher
Sous ce ciel noir où la tempête gronde
Pour engloutir et navire et nocher ?

Doux passager, ne quittes pas la rive
Aux simples fleurs ; où luit un ciel si pur !
Laisse ta barque aller à la dérive,
A la clarté des étoiles d'azur.

L'esprit, la grâce, animent ton sourire,
Un feu charmant rayonne en tes beaux yeux
Et l'art divin, sur ton front, qu'il inspire,
Avec amour, posa son doigt pieux.

Pour l'embellir, la féconde natur
Voila l'éclat de ta vive gaîté
Sous ta soyeuse et longue chevelure,
Trésor de grâce encore et de beauté.

Lorsque ta voix résonne sous la voûte
Au lustre ardent, à tes rayons pâli,
L'âme ravie avec transport t'écoute
Et rêve au chant si pur du Bengali.

Sylphe léger, à l'aile fraîche et rose,
Glisse sans bruit; à nos regards aimants
Laisse admirer, comme une douce chose,
De ton beau corps les moëlleux mouvements;

Car de ta voix douce et mélodieuse,
Du long regard de ton œil velouté,
Vient s'exhaler une atmosphère heureuse
D'enivrement, de molle volupté.

Oh ! loin de nous, loin des rives paisibles ,
Pourquoi vouloir nous forcer d'admirer ?
Laisse la gloire et ses dangers terribles :
Contente-toi de te faire adorer.

PENSÉES D'UN CONDAMNÉ.

Plus de consolante espérance !
De ma vie arrêtant le cours,
Demain, d'une loi de vengeance,
Le fer sanglant tranche mes jours.
Pourquoi trembler quand le supplice
Fait tout repentir lâche et vain?
Est-ce barbarie ou justice? —
Mon Dieu, je le saurai demain !

Pourquoi me reprocher un crime
Par moi si souvent détesté,
Lorsque le juge à sa victime
Parle avec rudesse et fierté ?
Si j'ai fait gémir la nature,
De quel droit un pouvoir humain
Peut-il frapper ta créature ? —
Mon Dieu, je le saurai demain !

Quitter ces terrestres demeures
Pour qui souffre est-ce donc un mal ?
Sans regret je vois fuir les heures
Qui retardent l'instant fatal.
Au sein d'une nuit éternelle
Pourrai-je m'endormir enfin ?
Ou mon âme est-elle immortelle ? —
Mon Dieu, je le saurai demain.

Dans l'anathème ou les louanges
Entendrai-je dire ton nom ?
Verrai-je tes sacrés archanges
Intercéder pour mon pardon ?
Ton front me sera-t-il sévère ?
Ou, me consolant, dans ton sein
Me recevras-tu comme un père ? —
Mon Dieu, je le saurai demain !

BONHEUR

A J. R.

A toi, toujours à toi! Que chanterait ma lyre?
Victor Hugo. — *Odes.*

Sous ton paisible toit, le cœur plein d'espérance,
    Femme, mon seul amour,
Je suis venu chercher l'oubli de ma souffrance,
    Changer ma nuit en jour.

De mes reins fatigués j'ai détaché l'écharpe
    Emblème des douleurs ;
Ma main près de ta couche a suspendu la harpe
    Humide de mes pleurs,

8

Maintenant, tout à toi ! et la nuit et la veille,
 Et l'esprit et le cœur,
Lorsque ma lèvre ira sur ta lèvre vermeille
 Aspirer le bonheur !

Quand ta main sur mon front légèrement s'appuie,
 Que je la sens trembler,
Il me semble y sentir une céleste pluie
 A flots purs s'écouler.

Béni par tes baisers, ce front dans la retraite
 Quelque jour grandira ;
Et ton nom simple et doux, chanté par ton poète,
 Au loin retentira.

Que je te doive tout ! que l'air que je respire
 En mon sein enflammé
Se change en harmonie, et, suave, soupire
 Par l'amour animé.

Tu seras tout pour moi : le nectar, l'ambroisie
 Dont je veux m'enivrer ;
La vierge des amours, l'ange de poésie
 Que je veux adorer.

Que l'égoïsme pousse autour de notre porte
 Ses ignobles clameurs !

Couché sur tes genoux, maintenant, que m'importe
  Le cri de ses fureurs !

Lorsqu'autour de mon cou, toi, bon ange que j'aime,
  Avec un doux souris
Tu passes tes beaux bras, que la grâce elle-même
  Semble avoir arrondis ;

Et qu'en un long baiser j'aspire ton haleine,
  Parfum suave et frais,
Mon cœur alors bondit de bonheur ! plus de peine,
  Plus de sombres regrets !...

Loin de notre doux nid laissant gronder l'orage
  Et retentir les fers,
Oiseaux aimants, restons cachés sous le feuillage :
  Oublions l'univers !

  Le foyer, où l'amitié pure,
  La sainte paix viennent s'asseoir,
  Est au cœur ce qu'à la nature
  Sont les vagues parfums du soir !
  C'est, au sein d'une nuit sans voiles,
  La douce clarté des étoiles
  A l'œil lassé des feux du jour ;
  C'est à la vierge qui s'ignore,
  Qu'une molle langueur dévore,
  L'extase du premier amour.

C'est au désert la tente aimée,
Sanctuaire de charité,
Qu'on ne trouve jamais fermée
A l'appel de l'humanité ;
C'est la nef où, dans le silence,
Descend la céleste clémence
Dans un cœur pur de tout orgueil,
Tandis qu'au loin l'orage gronde
Et que tous les vains bruits du monde
Viennent expirer sur le seuil.

Là, le cœur gonflé se délasse
Et respire un plus pur éther ;
Toujours chaque minute y passe
Aussi rapide que l'éclair ;
Là, toujours, toute heure avec elle
Amène une ivresse nouvelle,
Un ineffable enchantement ;
Là, paisibles et fortunées,
On voit s'écouler les années
Ainsi qu'un long ravissement !

Toi, que la fortune jalouse
Ne peut arracher à mes vœux,
Ma mère, ma sœur, mon épouse,
Couvrons-nous de ce voile heureux.
Oh ! laisse ta main dans la mienne !

Que ton regard calme et soutienne
Mon cœur toujours prêt à s'ouvrir
Au souffle impur de la souffrance ;
Oh ! j'ai besoin de ta présence :
Sans toi je n'ai plus qu'à mourir !

Car sans toi plus d'espoir ! Pour mon âme ravie,
Ton enjoûment, ta voix, ton regard, c'est la vie !
Oui, l'absence naguère était dure à mon cœur :
Dévoré de chagrins, de désirs, de langueurs,
Je t'appelais en vain ; mais, parfois ma pensée
Revolait sur la route où, faible et délaissée,
L'humanité se traîne en poussant des sanglots ;
Alors, électrisé par l'aspect de ses maux,
Je chantais, j'oubliais ma douleur dans la sienne.
Mais il n'est plus en moi rien qui ne t'appartienne,
Et, si tu n'es pas là je ne sais plus rien voir.
Ce silence, épandu comme un nuage noir,
Que ne rompt plus la voix de celle que j'adore ;
Mon pas résonnant seul sur le plancher sonore,
Tout me trouble, me brise, et toujours dans mon œil
Roule silencieuse une larme de deuil.
Ne prolonges jamais ces heures d'agonie :
Viens vite sur mon front poser ta main bénie,
Et que ta lèvre chaste y vienne avec douceur
Déposer un baiser et de mère et de sœur.

Viens, que mon cœur s'écrie en ce moment suprême :
O mon amour, ma vie et mon Dieu que je t'aime!

Lorsque mai reparaît ; qu'au printemps de retour,
La terre ouvre ses flancs, haletante d'amour ;
Que par les chauds rayons dont elle est inondée
La campagne partout, joyeuse, est fécondée ;
Au vallon reverdi nul ne porte ses pas
Sans admirer des champs les gracieux appas.
Alors plus d'une fleur sur la tige est cueillie,
Et la fraîche guirlande, au foyer accueillie,
Embaume les lambris de son parfum divin.
Mais, hélas ! ce parfum meurt avant le matin !

Ange, en mon âme ainsi pieusement je recueille
Les fleurs que ta bonté, lentement, feuille à feuille,
Avec tant de douceur fait tomber sur mes jours :
Fleurs de calme, de joie et de chastes amours.
A ce bouquet sacré chaque moment, chaque heure,
Chaque baiser brûlant qui tes lèvres effleure,
Chaque penser éclos de ton regard aimant,
Apporte son parfum, son coloris charmant ;
Mais, plus heureux cent fois que la fleur des prairies,
Arrosé chaque jour de tendres rêveries,
Ce bouquet, nuancé de suaves odeurs,
Il ne verra jamais se faner ses couleurs :

Jusqu'au dernier moment de ma vie, ô mon ange !
S'exhalera sans fin de ce divin mélange,
Conservé saintement dans le fond de mon cœur,
Un céleste parfum d'ivresse et de bonheur !

Onde où j'ai bu l'oubli de mes peines passées,
Charme de tous mes jours, de toutes mes pensées ;
O toi, que mon amour ne nomme qu'à genoux,
Etre cher et sacré par qui vivre m'est doux ;
Que tous devraient aimer, hélas ! que tant trahissent,
Mais que toujours mon cœur, mes pensers applaudissent ;
Dont la main doucement me guide et me conduit :
Phare d'aimable prix rayonnant dans ma nuit !
Va, quel que soit le sort qui plane sur ma tête
A toi les vœux, les chants, les transports du poète :
Ignoré, glorieux, obscur ou triomphant,
A toi, toujours à toi, le cœur de ton enfant !
Ma mère ! ô cri d'amour, ô nom sublime et tendre,
Nul cœur plus que le mien ne sut jamais comprendre
Ton charme délirant et pur, ta sainteté,
O source d'éternelle et chaste volupté !

Quand parfois sur mon front il passe comme une ombre,
Que mon sourire est triste, et que mon regard sombre
Fuit ton regard aimant, cherchant à te cacher
Des pleurs amers, brûlants, tout prêts de s'épancher ;

Garde-toi de penser qu'en mon âme, ô ma mère!
Ta bonté n'éveilla qu'une ivresse éphémère.
Non, c'est que ton ami, dans ses ardents désirs,
Pour toi rêve souvent à de plus doux loisirs
Que ceux que son amour peut t'offrir en ce monde;
C'est qu'il souffre, vois-tu, d'une douleur profonde
Lorsqu'au fond de son cœur, las! il voit se faner
L'image d'un bonheur qu'il ne peut te donner!
Puis je prise bien peu pour moi la renommée,
Mais ton nom simple et doux, ô mère bien-aimée!
Je voudrais le tracer bien haut pour que tout œil
Pût épeler ce nom, mon amour, mon orgueil,
Y lût de ta bonté l'abandon plein de charmes,
Et l'adorât sans cesse avec de douces larmes!...
Et quand je vois la gloire, insensible à mes pleurs,
A des amants sans foi prodiguer ses faveurs,
D'illustrer ce que j'aime, hélas! je désespère,
Et je me dis : Pourquoi suis-je encor sur la terre!

Mais près de toi tout chagrin dure peu.
Quand tout mon sang comme un torrent de feu
Presse mon cœur; que mon âme, affaissée
Sous le fardeau d'une triste pensée,
Vers toi s'élance, implorant ta pitié;
Ta douce voix, symbole d'amitié,
Trouve toujours une douce parole

Qui me soutient, me calme et me console.
Tu me souris, m'encourages ; tes chants
S'élèvent purs, gracieux et touchants.
Ravie alors, mon âme, haletante,
A tes accents s'attache, palpitante
De trouble heureux, de tendresse et de foi :
Dans l'univers je ne vois plus que toi. —
O sois bénie, ô sois sainte et sacrée
Pour tant d'amour, ô mère vénérée !
Epouse et sœur, trésor de chasteté,
De pure ivresse, ô douce trinité !

Que par le monde ignorant soit salie
La sainteté du doux nœud qui nous lie !
Pour nous l'hymen n'a pas d'amers dégoûts :
Unis de cœur et plus amants qu'époux
Sa chaîne aimable, et gracieuse, et chère,
A chaque instant nous semble aussi légère
Qu'à ce moment où, purs, devant l'autel
Nous prononcions le serment solennel
De n'avoir plus à nous deux qu'une envie,
Une pensée, un espoir, une vie !

Oh ! qui me donnera de pouvoir exprimer
Tout ce qui sait en toi me plaire, me charmer !
Quand l'orgue, s'animant sous la voûte bénie,

Verse à la vaste nef sa puissante harmonie
Qui d'arceaux en arceaux ruisselle en mugissant,
Qui peut faire sentir par un terrestre accent
Ce trouble surhumain qui vient subjuguer l'âme,
Ces craintes, ces transports, ces élans pleins de flamme,
Ces vœux muets, confus, cette pieuse ardeur,
Ces tristesses sans nom qui vous gonfle le cœur ?
Tantôt, ému devant la céleste colère,
On voudrait fuir, craignant son équité sévère,
Et le front dans la poudre attendre en gémissant
L'arrêt qui vous fera criminel, — innocent !
Tantôt jusques au ciel la ravissante extase
Vous porte mollement sur ses ailes de gaze,
Et vous croyez ouïr les suaves concerts
Des séraphins, chantant du Dieu de l'univers
La sagesse, la force et l'auguste clémence,
Divinisant la foi, l'amour et l'espérance !
Et vous croyez les voir inclinés et tremblants
Devant le sanctuaire où des éclairs brûlants
Annonçant ton approche, ô lumière éternelle !
Les contraint de voiler leur face de leur aile !

Eh bien ! ce trouble saint, ces magiques transports,
Ce ravissant écho des célestes accords,
Cette extase de feu qui charme et qui dévore,
O mon ange adoré ! n'approchent pas encore

Du ravissement pur, du délire sans fin
Qui s'éveillent en moi quand, ma main dans ta main,
Assis auprès de toi, loin du bruit de la foule,
Ma vie avec bonheur comme un torrent s'écoule;
Quand nous nous rappelons ces jours où notre cœur
S'ouvrant aux premiers feux d'une éternelle ardeur
En cachait avec soin l'éclat aux yeux du monde,
Craignant de le souiller à son contact immonde;
Lorsque mon âme puise en tes regards voilés,
Dans les soupirs d'amour de ton sein exhalés,
Sur ta lèvre entr'ouverte et murmurant : je t'aime !
Et le calme et la paix ! — Félicité suprême !
O délices du cœur, rêve délicieux,
Volupté, sens divin envié par les cieux,
Vous fuyez le tumulte et vous venez, timides,
Prodiguer au foyer vos ivresses candides !

Ange ! et combien je t'aime en ces moments si doux,
Quand Élise en jouant piétine tes genoux,
Que ses petites mains, à ton col enlacées
Font éclore en tes yeux tant de tendres pensées;
Que tu baises son front et qu'avec piété
Sur elle ton regard tombe plein de bonté,
Alors que, devinant ta tendresse profonde,
Elle va dans ton sein cacher sa tête blonde !
Pauvre fleur qui déjà sentit les feux du jour,

Qui pour croître a besoin du souffle de l'amour,
Que ta pieuse main au malheur a ravie
Pour épandre sur elle et la joie et la vie !...
Oh ! si l'amour jamais paya de tendres soins
Va, cher ange, mon cœur et mes pleurs sont témoins
Qu'en moi tu trouveras un jour ta récompense !
Ah ! lorsqu'au souvenir de ma longue souffrance
Du passé j'interroge en vain la profondeur,
Qu'avec ta pure image enfermée en mon cœur
Je rêve loin du bruit, plein d'un tendre délire,
Et que jusques à moi d'Elise le doux rire
Résonne avec éclat, oh ! qui peut dire alors
Combien de douce joie et d'amoureux transports
M'enivrent à longs traits de leur charme ineffable ?
Le bonheur ici-bas n'est donc point une fable,
Me dis-je. O tristes nuits, si longues dans les pleurs !
Jours de deuil, qui veniez m'apporter les douleurs !
Oh ! vous avez donc fui ? Souffrances trop connues,
Heures de désespoir, qu'êtes-vous devenues ?
Mon ange a sur mon cœur posé sa douce main
Et tout le fiel s'en est évaporé soudain.
A ces pensers, rempli de volupté divine,
Je croise avec transport mes mains sur ma poitrine,
Et les yeux pleins de pleurs doux à sentir couler,
D'une voix que l'amour, le bonheur font trembler,
Je crie : ô terre ! ô cieux ! ô nature, ma mère !

Vous qui saviez combien ma vie était amère !
Oh ! je bénis mes maux qui m'ont fait estimer
Le charme qu'on éprouve à se sentir aimer !
O volonté puissante, immuable, éternelle,
O Dieu ! mets pour toujours à l'abri sous ton aile
L'ange bon et sacré dont tu guidas l'amour
Vers un infortuné las des rayons du jour :
Il a bien accompli sa tâche, saint mystère,
Verse-lui largement le bonheur sur la terre !

1859.

LE 5 MAI 1828.

Savez-vous quel trésor eût satisfait mon cœur !
La gloire... mais la gloire est rebelle au malheur !
Gilbert.

Voici l'heure bientôt où les enfants d'Isaure,
Rassemblés à l'envi dans le temple des arts,
Sur le noble vainqueur que le laurier décore,
Pleins de joie et d'amour, vont tourner leurs regards.
Voici l'heure où, brûlant des flammes du génie,
Les poètes sacrés du Dieu de l'harmonie
    Vont dévoiler tous les secrets :
Et cette heure, si belle, en mon âme flétrie
Ne fera donc germer que d'impuissants regrets ?

Hélas ! aurais-je pu le croire
Qu'un jour si fortuné m'apporterait le deuil ?
Oh ! brise-toi mon cœur !... Trop long-temps de la gloire
Les rêves mensongers ont nourri ton orgueil.
Le laurier des beaux-arts, prix chéri du poète,
    Ne viendra pas ceindre ma tête
Dans ces nobles remparts, aux muses toujours chers ;
Mon nom ne sera pas redit dans les concerts,
Et, d'un souris divin, d'une grâce infinie,
    Les vierges de l'Occitanie
    N'applaudiront pas à mes vers !...

Ah ! mille fois heureux celui qui, dans la voie
    Ouverte aux enfants des beaux-arts,
    Entouré d'amis, plein de joie,
S'avance encouragé de bienveillants regards !
Heureux, surtout, heureux celui qui peut sans cesse
    Des fils de Rome et de la Grèce,
    Interroger les écrits précieux,
Et, méditant leur céleste harmonie,
    Mûrir le germe du génie,
Que dans son âme ont déposé les dieux !
Mais, sans soutien, je marche en un désert immense ;
    Nul ne guide les pas tremblants
    De ma timide adolescence ;
A peine si, parfois, la trompeuse espérance

Daigne sourire à mes nobles élans,
Tout m'abandonne!... tout accroît ma peine amère!...
Mes jours coulent chargés d'ennuis et de misère,
Et d'Horace, Virgile, Homère, Anacréon,
Je ne connais, hélas! que la gloire et le nom!...

1828.

IMITATION DE SCHILLER.

Les affaires, les soins futiles
Tournent en des cercles stériles
Aux bords des rivages déserts ;
Mais des arts la voix inspirée
Révèle une heureuse contrée
    Loin par de là les mers !

Le cable est rompu ! ma nacelle
Vogue vers la plage nouvelle
Promise à mes rêves si purs,
Et dans leurs molles harmonies

9

Viennent me bercer les génies
　De mes travaux futurs.

Devant moi, sillonne l'abîme
Plus d'un navigateur sublime.
Pourquoi craindrais-je d'avancer?
Le ciel est tout brillant d'étoiles;
Nul souffle d'orage en mes voiles
　Ne me vient menacer.

Viens donc, ô douce poésie!
Viens, sois mon guide en cette vie
De jeunesse ange radieux,
Dans l'amour, amour sainte et pure,
Nature au sein de la nature,
　Divinité des dieux!

NE ME PARLEZ PAS D'ELLE !

A m'égarer sous ton riant ombrage
Que je me plais, ô gracieux sentier !
Quelle fraîcheur y verse le feuillage
Du vert sureau, de l'aimable églantier !
Tel mon amie en ses lèvres recèle
Une fraîcheur qui convie au désir.
Sentiers ombreux ne me parlez pas d'elle,
Trop de regret se mêle à ce plaisir.

O fleurs des champs que vous êtes jolies!
Que j'aime en vous vos formes, vos couleurs;
Vous ranimez mes ardeurs assoupies
Par votre grâce et vos douces odeurs.
Je sais un sein, amoureux et fidèle,
Dont le parfum enivre et fait languir.
Aimables fleurs, ne me parlez pas d'elle,
Trop de regret se mêle à ce plaisir.

Sous le feuillage et dans vos nids de mousse,
Où vous fuyez l'ardeur âpre du jour,
Petits oiseaux que votre voix est douce!
Mais vos chansons parlent encor d'amour.
Je crois entendre une voix, pure et belle,
De volupté tendre et divin soupir.
Petits oiseaux, ne me parlez pas d'elle,
Trop de regret se mêle à ce plaisir.

Quand le soleil à l'horizon s'incline,
En écoutant les vagues bruits du soir,
Sur ton revers, ô charmante colline,
Pour y rêver qu'il est bon de s'asseoir!
Sur une bouche où la grâce étincelle
Que des baisers seraient doux à cueillir!
Gazons épais, ne me parlez pas d'elle,
Trop de regret se mêle à ce plaisir.

Mais quel murmure anime la feuillée
De mots confus, de soupirs caressants ;
O grâce, amour ! Ma flamme réveillée
Trouble mon âme et dévore mes sens.
De mon amie, hélas ! tout me rappelle
Baisers, regards, enivrant souvenir !
Echo des bois, ne me parlez pas d'elle,
Trop de regret se mêle à ce plaisir.

Belleville, 1857.

DOULEUR DE MÈRE.

A Mᵐᵉ AMÉLIE J........

La nuit était calme et sereine
Et, seule, en regardant les cieux,
Par des soupirs silencieux
Une mère exhalait sa peine.

Près d'elle, en son lit de douleur,
Dormait enfin sa jeune fille,
Son amour, sa seule famille,
Las! déjà vouée au malheur!

La pâle et lente maladie
S'était attachée à ses os ;
Sans cesse troublait son repos
Et dévorait sa jeune vie.

L'art s'épuisait en vains secours ;
Et la mère craignait sans cesse
Que de l'objet de sa tendresse
La mort ne vînt briser les jours.

Oh ! qui sait la souffrance amère
De craindre l'instant du réveil !
Mais voilà que, dans son sommeil,
L'enfant pleure et crie : «O ma mère ! »

Et la pauvre femme en son cœur
Sent croître une angoisse mortelle ;
Et puis, vers la voûte éternelle
Levant les mains avec ardeur :

« Toi qui répands tristesse ou joie,
» A ton gré, sur le genre humain,
» Dit-elle, oh ! pèse le chagrin
» Dont toute ma vie est la proie !

» O Dieu ! je ne te maudis pas,
» Car tu m'as donné pour partage

» La paix du foyer et l'usage
» Des biens que l'on prise ici-bas.

» Les bienfaits d'une douce aisance
» Laissent le choix à mes désirs;
» Je puis goûter tous les plaisirs :
» Beaux-arts, fêtes, bals, bienfaisance !..

» Mais ce seul bien qui les vaut tous,
» Auprès duquel tout est chimère,
» L'ineffable bonheur de mère,
» Tu me l'as ravi, Dieu jaloux !

» Tu ne sais donc pas quel martyre
» C'est de voir un pauvre innocent,
» Sans gaîté, morne et languissant
» Sous la crise qui le déchire ;

» De voir ses membres torturés
» Par une douleur homicide;
» De voir pâle son front candide;
» Ses yeux de pleurs toujours navrés;

» D'entendre cette voix tremblante,
» Si fertile en joyeux propos,
» Ne répéter que les sanglots
» Qu'arrache une fièvre brûlante;

» Au lieu de voir le pauvre enfant,
» Vif, en ses courses vagabondes
» Aux vents livrer ses tresses blondes,
» Le tenir en son lit mourant?

» Quand le malheur vient nous étreindre
» Au sein de nos brillants projets,
» Blâmant nos cris et nos regrets,
» Les prêtres, pour te faire craindre,

» Disent que ton courroux de feu
» Sur l'homme assouvit sa vengeance;
» Mais ces anges, pleins d'innocence,
» Pourquoi souffrent-ils, ô mon Dieu!

» Leur jeune âme elle est vierge encore
» Du mal où le méchant périt,
» Et déjà la douleur flétrit
» Sa naissante et joyeuse aurore!

» Déjà sentir le désespoir,
» Avant de prévoir l'espérance!
» Connaître au matin la souffrance,
» Sans savoir quel sera le soir!

» O Dieu! ton courroux brise et glace
» Mon cœur qui tant de fois pria.

» Pour ma petite Maria.
» Assez de douleur : grâce ! grâce !

» En frappant, garde la bonté :
» Reprends-lui sa grâce légère,
» Sa beauté dont j'eusse été fière !...
» Mais, grand Dieu ! rends-lui la santé ! »

Hélas ! l'arrêt fut plus sévère,
Et cet enfant si pur, si beau,
On le coucha dans le tombeau !..
Oh ! pleurez sur la pauvre mère !

Juin 1837.

ELLE EST VENUE !

Adieu douleurs,
Froide sagesse,
Longue tristesse,
Tourments et pleurs !
Cruels supplices,
Jours sans gaîté,
Rêves factices
De volupté,
Ennui qui tue,
Pesant réveil,
Nuits sans sommeil,...
Elle est venue !

Elle est à moi !
Dans ma mansarde,
Je la regarde :
Je suis son roi.
Son œil bien vite
Sait m'embraser ;
Son sein palpite
Sous mon baiser.
Charmez ma vue,
Secrets appas !
Entre mes bras
Elle est venue !

Sa voix, ses yeux
M'ont dit : je t'aime !
Bonheur suprême !
Digne des Cieux !
O Romainville,
Charmant séjour !
Gazon docile
Aux jeux d'amour,
Terre moussue,
Arbres gravés,
Vous le savez :
Elle est venue !

Charmants matins,
Heures sacrées,
Douces soirées,
Purs lendemains!
O fleurs chéries!
Ciel éclatant,
Vertes prairies
Que j'aime tant;
Belle avenue,
Sentiers ombreux,
Je suis heureux :
Elle est venue!

Tendres fureurs,
Vives étreintes,
Extases saintes,
Molles langueurs,
Larmes de joie,
Brûlants désirs
Où je me noie,
Ardents soupirs ;
De l'âme émue
Transports si doux,
Dites à tous :
Elle est venue !

Belleville, 1831.

LE TORRENT DE LA MONTAGNE.

(Imitation de Stolberg.)

O jeune homme immortel, du fond de la caverne
Tu t'élances, puissant! et l'homme se prosterne
    Devant ton cours impétueux.
D'allégresse sous toi tressaille la montagne
Et de ta marche au loin s'épand dans la campagne
    Le bruit majestueux.
  Nul œil n'a vu le berceau solitaire
  D'où tu jaillis un jour en frémissant;
    Nul n'entendit ta voix austère
    Bégayer un premier accent.

Combien te rendent beau ces tresses argentées
   Qui, se teignant aux splendeurs du soleil
Par leurs mille replis à la fois refiétées,
Te couvrent des couleurs d'un immense arc-en-ciel!

Le sapin de frayeur s'émeut à ton approche.
Devant toi c'est en vain que se dresse la roche
Avec ses pics aigus; tu passes, triomphant,
Méprisant son orgueil; tu passes, et l'impie
Tombe et roule en tes flots, ainsi qu'une toupie
Fuit sous les coups pressés du fouet d'un jeune enfant.

Mais pourquoi vers la mer descendre avec vitesse?
Eh! ne te plais-tu pas près du ciel? sous ces bois
Dont l'ombre rafraîchit? dans ces rocs où sans cesse
Résonne avec fracas ta formidable voix?

Ne te hâtes pas tant vers la mer azurée!
Ah! crains de regretter ce solennel adieu
Qu'envoie au loin l'écho de ta couche sacrée :
Jeune homme, n'es-tu pas libre et fort comme un Dieu?

Il est vrai, du repos le dangereux prestige
   Te sourit sur les vastes mers,
Surtout quand lentement la lune dans les airs
Au soleil qui s'enfuit vient, par un doux prodige,
Ravir la pourpre et l'or de son beau vêtement,

Et présider des flots le doux frémissement......
Mais qu'est donc le repos, ô jeune homme en délire ?
  Qu'est-ce que le charmant sourire
  De la lune au front argenté,
Ou du soleil couchant la pourpre radieuse,
Ou des flots murmurants la plainte harmonieuse,
  Sans la céleste liberté ?....

  Arrête ! — Ici, tu peux encore,
  Au gré de tes folles amours,
  Ralentir ou presser le cours
  De ton onde pure et sonore ;
  Mais là-bas, au souffle du nord,
  L'horrible ouragan se révèle :
  Souvent sur cette mer si belle
  Règne le calme de la mort !....

Ne te hâtes pas tant vers la mer azurée !
Ah ! crains de regretter ce solennel adieu
Qu'envoie au loin l'écho de ta couche sacrée :
Jeune homme, n'es-tu pas libre et fort comme un Dieu ?

UN PÈRE.

Tes jolis yeux, enfant, à la lumière
S'ouvrent, cherchant aussitôt que le jour
Ta mère aimante et quelquefois si fière
De ton instinct, de ton futur amour!...
Las! au travail, elle usa sa poitrine;
Sa lèvre a bu l'absinthe de la mort!
Mais, ne crains rien : pour toi, mon Angéline,
  Mon cœur est bon, mon bras est fort.

10

Pour travailler que j'aurai de courage,
Songeant, hélas ! que je te reste seul ;
J'écarterai du matin de ton âge
Le noir reflet du funèbre linceul.
Si tu savais combien mon cœur palpite
Lorsque, le soir, auprès de nous tout dort !
O je t'aimerai tant, pauvre petite !
   Mon cœur est bon, mon bras est fort.

Guidant ta marche, encore mal assurée,
Pour te mener promener au soleil,
Je t'ornerai d'une blouse azurée
Et d'un col blanc, au beau cygne pareil ;
Je bouclerai ta blonde chevelure
Qui, sur ton cou, flottera sans effort ;
Comme une fleur, tu seras fraîche et pure :
   Mon cœur est bon, mon bras est fort.

Ta bouche s'ouvre et voudrait me sourire,
Et cependant tu te plains !... Soucieux,
Je ne puis rien, sinon, dans mon délire,
De mes baisers couvrir ton front, tes yeux.
Va, de mes nuits interrompt le silence :
Jamais tes pleurs avec moi n'auront tort ;
Je puis long-temps te bercer sans souffrance :
   Mon cœur est bon, mon bras est fort.

O mon enfant! sur ta tête chérie
Puisse un Dieu bon répandre le bonheur!
Puisse jamais ta jeune âme, flétrie,
Aux vents fougueux livrer sa chaste fleur!
Mais si la vie un jour te semble amère,
Ange chéri, pour t'abriter du sort,
Cache ton front dans le sein de ton père :
   Mon cœur est bon, mon bras est fort.

LE JOUR DES MORTS.

Encore une fois
Novembre et la bise
Dépouillent nos bois.
La campagne est grise,
Les oiseaux sans voix ;
Le monde agonise.
Plus d'amour, de jeux,
De douce folie. —
O morts bienheureux,
Mon cœur vous envie !

De longs chants de deuil
Frappent mon oreille.
Soit tristesse, orgueil,
Toute âme s'éveille.
Ta fête, ô cercueil,
Fait cette merveille !
Le prêtre verbeux
Lit sa psalmodie. —
O morts bienheureux,
Mon cœur vous envie !

Couronnes et fleurs
Au noir cimetière
Tombent, et des pleurs,
Plus froids que la pierre,
Singent les douleurs,
L'ardente prière.
On frotte ses yeux,
La farce est finie ! —
O morts bienheureux,
Mon cœur vous envie !

Asiles de paix,
De belles guirlandes
De rameaux épais,
De fraîches offrandes,

Parés à grands frais,
Vos beautés sont grandes.
Mais, un jour ou deux,
Et l'on vous oublie. —
O morts bienheureux,
Mon cœur vous envie !

Superbes tombeaux
Où de l'opulence
D'orgueilleux ciseaux
Sculptent l'insolence,
Dans vos noirs caveaux
Quel profond silence !
Plus de maux affreux ;
Plus de lâche envie. —
O morts bienheureux,
Mon cœur vous envie !

Vous ne voyez plus,
Sous vos larges pierres,
Croupir les abus
Aux mêmes ornières,
Et l'honneur exclus
De toutes carrières.
D'amis désastreux
Plus de perfidie !... —

O morts bienheureux,
Mon cœur vous envie !

Vous ne savez pas,
O morts, sous la terre,
Nos honteux débats,
L'horrible cratère
Grondant sous nos pas,
Ni notre misère ;
A l'or frauduleux
La France asservie, —
O morts bienheureux,
Mon cœur vous envie !

A Mlle ADÈLE ESBÉRARD,

En lui envoyant mon premier volume de Poésies.

A vous qui connaissez les puissances de l'âme,
Vous qui savez aimer, vous qui savez souffrir,
J'offre ces vers, éclos d'une brûlante flamme
Qu'en mon sein les malheurs se sont plu de nourrir.
De l'ange que le ciel a conduit sur ma voie,
Comme moi, vous aimez les vertus, la douceur.
Ah! soyez-en bénie, et, pour combler ma joie,
A ma muse accordez l'amitié d'une sœur!

IMPROMPTU

Écrit sur la tombe de Michel Rondet.

O toi qui dors sous cette pierre,
Salut ! Reconnais-tu ma voix ?
De l'ange qui t'aimait, dont je chéris la loi,
Je t'apporte les pleurs et la tendre prière.
Frère de cœur, oh ! qu'il m'eût été doux
De te serrer la main en te disant : mon père !
Mais, à ta fille, à moi, va, ta mémoire est chère !
Veille sur ton enfant ! — Bénis-la. — Bénis-nous !

Mai 1838.

PRIÈRE D'ÉLISE.

Toi que ma faible intelligence
Ne peut encore concevoir ;
Que je prie en mon innocence
Chaque matin et chaque soir ;

Toi dont on dit que la nature
Avec amour subit les lois
Et que de toute âme humble et pure
Ton oreille écoute la voix ;

Toi qui fais que l'oiseau trouve dans le feuillage
Un doux nid, balancé par les tièdes zéphirs,
L'onde des clairs ruisseaux, un simple et doux langage
Pour dire ses besoins, sa joie et ses désirs;

    Principe et source de puissance,
    De justice, de paix, d'amour;
    Dieu! reçois avec indulgence
    Mon humble prière en ce jour.

    O du genre humain tendre père,
    Que tout nous presse d'adorer,
    Ecoute-moi : c'est pour ma mère
    Que je viens ici t'implorer!

Je l'aime, sans savoir qui verse dans mon âme
Ce sympathique instinct qui réjouit mes sens,
Alors que son regard d'un doux plaisir m'enflamme
Et que mon cœur palpite à ses tendres accents.

    D'elle tout me charme et me touche;
    De grâces tu sus la parer;
    Un mot prononcé par sa bouche
    Me fait ou sourire ou pleurer.

    Comment te dire sa louange?
    Bien souvent, plein d'un doux émoi,

Mon père dit que c'est un ange
Que tu daignas guider vers moi.

Son regard est l'amour; sa chaste voix inspire
La joie et la bonté, la grâce et la douceur;
Elle est toute harmonie, et son tendre sourire
Calme, épanouit l'âme et donne le bonheur.

Souvent lorsqu'un penser funeste
De mon père courbe le front,
De ma mère un souris céleste
Dissipe ce chagrin profond.

Et moi, dont sa vie est la vie,
Mon Dieu! tu me vois à genoux
Qui te rends grâce et te supplie
De faire son sort pur et doux!

De mon frère bénis la douce et frêle enfance,
Que la grâce et la force embellissent ses jours.
Fais-lui pur le sommeil, légère la souffrance,
Pour que ma mère aussi te bénisse toujours.

Que te demanderai-je encore?
O Dieu! de cet ange si pur
Fais que chaque nouvelle aurore
Se pare d'un brillant azur.

De ses heures laborieuses
Daigne bénir le saint labeur,
Pour que ses lèvres gracieuses
Expriment toujours le bonheur.

Oh! fais que mon amour la rende heureuse et fière;
Que mon cœur, digne d'elle, en vertus, en bonté,
Croisse de jour en jour, pour que de sa carrière
Chaque instant soit rempli par la félicité!

CONSOLATION DANS LES LARMES.

(Imitation de Goëthe.)

Au milieu de notre allégresse ,
D'où vient la profonde tristesse?
Tes regards languissants trahissent tes douleurs :
Nul doute que tes yeux n'aient répandu des pleurs,

— Si j'ai pleuré dans le silence,
Que vous importe? Ma souffrance
Ne touche que moi seul. Elle a de la douceur :
Mes larmes bien souvent ont soulagé mon cœur. —

De joyeux amis t'y convient :
    Viens reposer sur notre sein.
Quels que soient les objets que tes désirs envient,
Oh ! viens nous raconter ta perte et ton chagrin !

— Au milieu du tumulte et de vos cris de fête,
Savez-vous le malheur qui fait courber ma tête?
Ah ! malgré les tourments de mon cœur abattu
Et ses regrets amers, non, je n'ai rien perdu. —

Eh bien ! relève-toi, jeune homme ; est-ce à ton âge
Que l'on manque jamais de force et de courage
Pour atteindre l'objet qu'appelle le désir?
De ton abattement sors : tu vas l'acquérir !

— Je ne saurais ; pour moi la chose désirée
Est trop loin : aussi haut que l'étoile d'azur
Que vous voyez là-bas, scintillante et dorée,
Elle habite, et reluit d'un éclat aussi pur. —

Enfant ! désire-t-on posséder les étoiles?
De leur magnificence on jouit un moment ;
Et quand la nuit revient, belle, pure et sans voile,
On contemple le ciel avec ravissement....

— Oh ! oui : des jours entiers je suis ravi de joie,
Lorsque, les yeux au ciel , je me plais à rêver.
Mais, amis, laissez-moi, quand la nuit se déploie,
Pleurer, — aussi long-temps que je pourrai pleurer !..

TU VAS PARTIR !

A J. R.

Tu vas partir, femme adorée !
Toi qui, me rendant au bonheur,
D'une flamme pure et sacrée
Est venue animer mon cœur.
A moi gracieuse et légère,
La joie un moment vint s'offrir ;
Mais, hélas ! qu'elle est passagère !...
     Tu vas partir !

Tu vas partir, ô sœur aimante !
Et loin de moi, dans mes chagrins,
De ta voix sonore et touchante
S'exhaleront les sons divins.
Au toucher de ta main chérie
Je ne pourrai plus tressaillir ;
Plus d'amoureuse rêverie....
  Tu vas partir !

Tu vas partir ! Triste et lassée
D'un sombre et douloureux émoi,
Mon âme, à ton sort fiancée,
Va sans cesse errer près de toi.
De tes baisers en vain me reste
Le suave et doux souvenir ;
Je n'ai plus qu'un penser funeste :
  Tu vas partir !

A M. ANTOINE RANCILLIA.

ÉLÉGIE.

Oui, demain, le front nu, l'âme toute navrée,
J'irai, me confondant au cortége pieux,
Suivre, triste et pensif, votre épouse adorée
  Au champ des éternels adieux !

Car, d'eux-mêmes, mes pas de ce funèbre asile
Savent trouver le sombre et lugubre appareil,
Depuis le jour fatal, hélas ! où Dautreville
Y vint pour y dormir son paisible sommeil;

Car, pauvre délaissé, votre souffrance amère
Est venue aujourd'hui, retombant sur mon cœur,
Y réveiller soudain un nom sacré, — ma Mère!..
    Souvenir constant de douleur.

Et j'ai frémi pour vous de cette large plaie
Qu'en votre sein troublé la mort venait d'ouvrir:
La mort, monstre sans yeux, que rien n'émeut, n'effraie
Et qui du survivant fait un triste martyr.

Vous heureux père, époux fortuné, plein de joie
Vous regardiez couler vos jours à longs flots d'or,
Et le vautour affreux, s'abattant sur sa proie,
    Vous a ravi votre trésor!...

    Profonde misère! Oh! la vie! —
    Tourment incessant et cruel!
Dérision amère! informe comédie!
Vase aux bords parfumés qui ne verse que fiel!
Grotesque accouplement d'espérance et d'alarmes!
Rêves purs du matin, flétris avant le soir,
Qui font douter s'il faut, au jour du désespoir,
Terminer les sanglots commencés dans les larmes
Par un éclat de rire effrayant et sans fin,
Sardonique défi qui brave le destin!

Elle a fui de vos bras, votre jeune Édélie,

Elle a fui de vos bras pour n'y plus revenir !
De bonheur pour vous deux la coupe était remplie :
    Un éclair vient de la tarir ! —
Elle était simple, et douce, et bonne et gracieuse,
Spirituelle et gaie, et décemment rieuse. —
    Elle n'est plus, déjà, qu'un souvenir !
Quelques instants encor de l'épouse angélique
Les traits à vos regards seront tous disparus ;
Et vous l'appellerez, triste et mélancolique ;
Et vous la chercherez sous votre toit pudique....
    Et vous ne la trouverez plus !...
Et vos pauvres enfants, que d'un coup de son aile
La mort vient de priver de l'ombre maternelle,
Doux et chers rejetons d'une si belle fleur,
Vont rester exposés, bouture encore si frêle,
    Aux rayons ardents du malheur !
Oh ! c'est triste et navrant ! Et l'âme remuée
Gémit en contemplant cette sombre nuée
    Qui vient s'épandre sur vos jours,
Et brise le rameau de vos chastes amours.
Nous pleurons avec vous de ces peines cruelles
Qui courbent sous leur joug votre esprit accablé ! —
Puissent, en y tombant, ces larmes fraternelles
Rafraîchir un moment votre cœur désolé !

                           Le 11 mai 1846.

L'ATTENTE.

A J. R.

Oh ! de l'attente
Que l'heure est lente
A s'écouler !
C'est un martyre !
Sans ton sourire,
Ton doux parler,
Le temps se traîne.
Pesante chaîne !
Affreuse loi !
Toi que j'adore,
Viens, je t'implore :
Je pense à toi !

Mon cœur frissonne
Et s'abandonne
Au sombre ennui
De la souffrance.
Plus d'espérance !
Bien loin ont fui
Rêves de gloire,
Et ma mémoire
S'emplit d'effroi.
Misère étrange !
Pourtant, mon ange,
Je pense à toi !

Oh ! tout m'ennuie
En cette vie !
De toutes parts
Tant de bassesse,
De lâche adresse !
Sans tes regards
Le jour m'est sombre,
Tout n'est qu'une ombre,
Et je ne croi
Qu'à ta belle âme
Qu'amour enflamme :
Je pense à toi !

Quand sur la plaine
Glisse l'haleine
Du frais matin,
Que la rosée
Brille, embrasée,
Au vert chemin,
Sur la colline
Si je chemine,
Auprès de moi
Je te désire :
Plein de délire,
Je pense à toi !

Quand de ses voiles,
Brodés d'étoiles,
La sombre nuit,
Avec mystère,
Couvre la terre,
Eteint tout bruit ;
Que la prière
De la chaumière
Monte, avec foi,
Jusqu'à l'oreille
De Dieu, qui veille,
Je pense à toi !

Mais la nature,
Le frais murmure
Des clairs ruisseaux,
Le vert feuillage,
Le gazouillage
De mille oiseaux,
Rien ne m'appelle.
Privé de celle
Dont je suis roi,
Rien ne m'inspire;
Et je soupire :
Je pense à toi !

Oh! reviens vite
En notre gîte,
O mon amour!
Près de qui t'aime
Plus que lui-même,
Plus que le jour!
Que ton haleine
Change ma peine
En doux émoi;
Que ta voix tendre
Se fasse entendre!
Je pense à toi !

LA MANSARDE.

Qu'elle est humide et sombre la mansarde
Où la malade est sur son matelas !
Son tout petit enfant, sa seule garde,
Autour du cou lui passe les deux bras ;
Des pleurs brûlants sillonnent son visage ;
Son jeune cœur bat de voir tant souffrir !..
Mais elle, douce, et souriant : — « Sois sage ;
» Ne pleures pas : ton père va venir.

Oh! dit l'enfant, tu souffres, bonne mère;
Et pour ton mal, mon Dieu! je ne puis rien;
Et, le sais-tu, ce matin...., ô misère!
Le boulanger m'a refusé du pain!...
Tu mourrais donc de faim?... Oh! c'est infâme!
Si de mon sang je pouvais te nourrir!... —
« Enfant, tais-toi.... tes cris brisent mon âme;
» Ne pleures pas: ton père va venir.

» Il est parti pour chercher de l'ouvrage,
» Car, si long-temps, il n'a pu travailler!
» Pauvre homme, hélas! si rempli de courage;
» Près de mon lit, toujours prêt à veiller!
» Oh! qui payra sa tendresse constante?
» S'il est un Dieu, ce Dieu doit le bénir.
» Le voir heureux me rendrait si contente!...
» Ne pleures pas: ton père va venir. »

Dieu! quel tumulte éclate dans la rue!
En déroulant ses informes anneaux,
L'émeute hurle, et menace, et se rue,
Roule, et se tord sous les pieds des chevaux.
Le tambour bat: on entend des bruits d'armes,
Des cris confus, sourds et qui font frémir,
Et la malade à son fils tout en larmes: —
« Ne pleures pas: ton père va venir. »

Mais l'escalier crie : on ouvre la porte,
Et des voisins entrent en gémissant.....
Pauvre petit! pauvre femme!.. on apporte
Un corps meurtri, noir de boue et de sang!....
Et, de son lit la malade élancée,
A l'enfant, pâle, et qui va défaillir,
Tordant ses mains et riant... l'insensée! —
« Je savais bien, moi, qu'il allait venir!....»

Juillet 1836.

A ***

À l'occasion de son mariage.

Que tous les Dieux protecteurs du bel âge,
Suivant le cours de ton esquif léger,
Bien loin de lui repoussent le naufrage
Sur cette mer où tu cours t'engager !

Les tendres vœux de l'amitié fidèle,
T'accompagnant sur les flots orageux,
Appelleront sur ta belle nacelle
Des doux zéphirs l'essaim voluptueux.

Chéris-la bien l'aimable passagère
Qui, souriant, t'abandonne sa main,
Et des autans la jalouse colère
Respectera ton paisible destin.

Pour le départ quand tu tendis la voile
En vain ta voix a prononcé mon nom :
O mon ami ! de ma funeste étoile
Le sombre éclat eût troublé l'horizon.

Ma place, à moi, n'est pas dans une fête,
Au bruit des chants, des danses, des concerts :
Où je parais, l'éclair de la tempête
Ne tarde pas à sillonner les airs.

Tu le sais trop : de la douce allégresse,
Mon front jamais n'a pu ceindre les fleurs,
Et la fortune à ma triste jeunesse
N'a départi que les sombres douleurs.

Si, quand paraît l'aurore au front paisible,
Le désespoir s'éloigne un peu de moi,
Avant le soir il revient plus terrible,
Et tout mon cœur est brisé par l'effroi.

Pour moi l'amour n'a pas de douces peines,
Car, qui voudrait partager mes chagrins ?

Pour soulever un seul instant mes chaînes,
Qui me tendrait de secourables mains ?

Non : jusqu'au jour où ma frêle existence
Dans le néant volera s'engloutir,
Nul ne viendra consoler ma souffrance ;
Nul du malheur ne peut me garantir.

O mon ami ! toi dont la douce vie
N'a pas connu ce supplice cruel,
Oh ! sois heureux ! c'est moi qui t'en convie,
Pour que je puisse encor bénir le ciel.

Que tous les dieux protecteurs du bel âge,
Suivant le cours de ton esquif léger,
Bien loin de lui repoussent le naufrage
Sur cette mer où tu cours t'engager !

1829.

SALUT A TOGNY-AUX-BOEUFS.

L'ATRE pétille et le souper s'apprête,
Et l'allégresse éclate en tous les yeux ;
Du bon Togny c'est aujourd'hui la fête :
Je viens, amis, me mêler à vos jeux.
Lorsqu'au plaisir l'amitié nous convie,
Tout souci fuit avec rapidité.
Charmant village où mon âme est ravie,
   Togny, salut ! je bois à ta santé !

Cher Roussinet, viens; que ton nom prélude
A ma chanson dans ce jour de bonheur;
Pour moi, t'aimer n'est plus qu'une habitude :
Ton souvenir épanouit mon cœur.
Sous l'humble toit où ta tête repose,
Je viens, joyeux, trinquer à ta bonté.
Versez, amis, de ce vin frais et rose :
   Togny salut! je bois à ta santé!

C'est là qu'aux jours de sa plus tendre enfance,
Elise vint aspirer la santé ;
De Stanislas l'aimable pétulance
Y ranima l'éclat de sa gaîté.
Là, mon amie, aimable, bonne et pure,
Fuyant parfois l'ennui de la cité,
Vint respirer au sein de la nature :
   Togny, salut! je bois à ta santé!

L'amour, amis, c'est la seule sagesse ;
Dans le soleil vous la voyez briller ;
Aimez-vous donc, et la douce allégresse
Viendra s'asseoir à votre humble foyer.
Ah! l'univers tout entier n'est qu'un temple
Que Dieu consacre à la fraternité :
Dieu n'est qu'amour; imitez son exemple.
   Togny, salut! je bois à ta santé!

O doux pays, cher à mon âme émue,
Où chaque fois furent purs mes loisirs,
Du fond du cœur, ici je te salue;
Tu n'as pour moi que d'heureux souvenirs!
Puisse un Dieu bon, exauçant mes prières,
Verser la paix et la fécondité
Sur tes beaux champs et tes simples chaumières:
   Togny, salut! je bois à ta santé!

17 novembre 1844.

VERS IMITÉS DE LORD BYRON.

Mon âme est triste! Ami, que ta main gracieuse
    De la harpe mélodieuse
Ranime les accords si puissants sur les cœurs.
S'il dort au fond du mien quelque faible espérance,
Eveillée au doux bruit des chants consolateurs,
Elle viendra l'emplir de sa divine essence.
    S'il est, en mon chagrin profond,
Une larme arrêtée au bord de ma paupière
Elle s'écoulera, peut-être, ou, moins amère,
    Cessera de brûler mon front.

Mais, ne préludes pas sur le ton de la joie.
Je te l'ai dit, ami ; j'ai besoin de pleurer,
    Sinon, mon cœur va succomber
Au fardeau sous lequel déjà, tremblant, il ploie.
Trop long-temps du chagrin le ver lent et rongeur
L'habita ; trop long-temps il souffrit en silence ;
Il faut que mon destin s'accomplisse ! — ou mon cœur
Va se briser, vaincu par sa longue souffrance,
Ou bien de tes accords la céleste puissance
En lui va pour toujours assoupir la douleur.

L'AVEUGLE.

Souvenir.

Je m'en souviens toujours. C'était un lundi soir.
    La salle Chantereine,
D'une foule pressée, et curieuse à voir,
    Jusqu'au comble était pleine.

Pour un pauvre ouvrier, aveugle et sans secours,
    On donnait une fête;
Et le peuple venait grossir par son concours
    La fraternelle quête.

Les artistes, toujours empressés d'accourir
  Où le malheur appelle,
Près de l'infortuné se pressaient, pour offrir
  Leur amitié fidèle.

Et drame, vaudeville attrayant et léger,
  Animèrent la scène;
Puis l'harmonie aussi vint, à son tour, siéger :
  Des beaux-arts chaste reine.

Noble lutte ! — Déjà l'on atteignait le but
  De la fête chérie,
Quand survint un aveugle, apportant son tribut
  A la foule attendrie.

Tandis qu'en jets brillants, sous une habile main,
  Les sons venaient éclore;
Il marcha lentement, et d'un pas incertain,
  Vers le piano sonore.

Il croisa les deux bras, ainsi qu'un vrai croyant,
  Sur sa poitrine émue,
Et ses regards éteints au lustre flamboyant
  Semblaient chercher la vue.

Il se tint là, debout. Sans doute qu'à son gré
  Il préparait son âme,

Car on voyait courir sur son front inspiré
    Une céleste flamme.

Puis, lorsque l'instrument cessa de s'agiter
    En son clavier d'ivoire,
L'aveugle, lui, chantant, se mit à raconter
    Une naïve histoire.

C'était une humble femme, au moment d'un adieu,
    Et mère de famille ;
Et qui recommandait à *la grâce de Dieu*
    Sa toute jeune fille.

Elle se désolait de n'avoir pas de pain
    Pour elle en sa chaumière ;
Et lui disait : Enfant, prie et travaille bien,
    Et fais bien ta prière.

Et puis, pleurant bien fort, étouffant un soupir
    Dans son sein qui palpite,
Elle disait : «Si tu n'allais pas revenir ! »
    A sa chère petite.

Et l'enfant s'éloignait de ce funeste lieu,
    Plein de douleur amère,
En murmurant de loin : « A la grâce de Dieu !
    » Adieu, ma bonne mère ! »

On eût cru qu'à travers les sonores échos
  De l'ombreuse vallée,
On entendait gémir la mère, et les sanglots
  De la pauvre exilée.

Oh ! c'était pur et beau que cet accord touchant
  De fraîche mélodie
Qui versait dans les cœurs et l'extase, et le chant,
  Et la mélancolie !

Ces flexibles accords étaient si gracieux,
  Avaient de si doux charmes,
Que l'âme se sentait vaincue, et que les yeux
  Se remplissaient de larmes.

Il était saint et pur l'harmonieux chanteur
  Dont la voix secourable,
Tendre, venait aussi consoler le malheur
  D'un frère misérable.

O chanteur ! sois béni ! que nul chagrin cuisant
  Ne vienne te surprendre.
Sois béni ! sur tes jours qu'un calme bienfaisant
  Puisse à jamais descendre !...

Pour moi, je veux aussi que ma tremblante main
  Jette sa faible obole.

Au bonnet indigent que tend le genre humain
    De l'un à l'autre pôle.

O vous tous, qui souffrez de si longues douleurs
    Dans vos âpres misères ;
Qui, chaque jour, mangez un pain trempé de pleurs,
    O pauvres prolétaires !

Fidèle au saint devoir de la fraternité
    Qui tous ici nous lie,
Je veux vous donner tout : chants, repos, liberté,
    S'il le faut.... et ma vie !

1830.

ADIEUX A M. DE JESSAINT.[1]

O toi dont la main tutélaire
Sut nous alléger les malheurs,
Adieu, notre ami, notre père!
Adieu! tu règnes sur nos cœurs!

Toujours au cri poussé par l'infortune,
Par la pitié ton cœur a répondu.
Nul ne trouva ta puissance importune;
Nul ne te vit sans croire à la vertu.

(1) Ces vers, composés lors de la retraite de M. de Jessaint, ont été chantés à Châlons, en décembre 1838, par le célèbre violoniste Lafont, dans un concert.

Chêne sacré, sous ton vaste feuillage
Croissaient toujours bienveillance et bonté ;
Dans tous les cœurs ton bienfaisant ombrage
Versait le calme et la sérénité.

Quand les partis sur la force et la haine
Echafaudaient leur royauté d'un jour,
Ta main rayait la sentence inhumaine :
Ta politique, à toi, c'était l'amour !

　　O toi dont la main tutélaire
　　Sut nous alléger les malheurs,
　　Adieu, notre ami, notre père !
　　Adieu ! tu règnes sur nos cœurs !

　　1858.

SUR UNE FLEUR

Mise dans un livre, et qui s'était égarée.

Où donc es-tu précieux gage
De constance et de tendre ardeur,
Toi qui chaque jour au courage
Venait solliciter mon cœur?
Don sacré d'une aimable amie,
Délicieux mot d'avenir!...
Qui me rendra ma fleur jolie
Et son parfum de souvenir?

Quel zéphir, jaloux de l'ivresse
Que tu prodiguais à mes sens,
Vint arracher à ma tendresse
Tes charmes simples et touchants?
Pur trésor de mélancolie,
Mon rêve aussi va-t-il finir?...
Qui me rendra ma fleur jolie
Et son parfum de souvenir?

Douce fleur qu'une bouche aimée
Consacra de baisers si chers,
Que de fois mon âme enflammée
Oublia par toi l'univers!
Je sentais les maux de la vie
A ton aspect s'évanouir!
Qui me rendra ma fleur jolie
Et son parfum de souvenir?

Puisse une âme tendre et pieuse
Disputer ta dépouille au sort,
Et de ta voix mystérieuse
Comprendre le divin accord.
Las! dans ma sombre rêverie,
Privé de toi je vais languir!...
Qui me rendra ma fleur jolie
Et son parfum de souvenir?

L'ENFANT DES POÈTES.

Pourquoi briser mes fleurs, mes douces violettes?
Ah! laissez quelque chose à l'enfant des poëtes.
Je cultivais ces fleurs, sans bruit, chaque matin;
Elles m'aidaient à fuir l'avenir incertain;
De leurs pures odeurs je faisais mes délices!...
Quoi! vous faut-il toujours de cruels sacrifices?
Méchants! — Ah! laissez-moi mes fleurs... Oh! non, jamais
Vous n'avez du matin bu le calme si frais,
En marchant, pas à pas, à travers la prairie,
Car votre âme est toujours desséchée et flétrie.

Elle a toujours été froide. Jamais les airs
Ne vous ont apporté les suaves concerts
De l'oiseau gazouillant sous la verte ramée;
Votre mère par vous ne fut jamais aimée,
Car vous seriez meilleur au pauvre malheureux.
Et lui, qui vous croyait si bons, si généreux ! —
Il vous aurait donné tout ce qu'il a — son âme !
Et vous le maltraitez comme on fait d'un infâme !
Vous calomniez tout : ses doux rêves, ses pleurs,
Purs et silencieux, — tout, jusqu'à ses douleurs !
Et vous pesez sur lui, souffrant et solitaire,
Parce qu'il veut chanter, lui, pauvre prolétaire !..
Il vous laisse pourtant bien tranquille. Sa voix
Ne vous reproche rien, ni votre or, ni vos croix
Qu'un ruban rouge attache à vos lâches poitrines.
Il vous laisse à loisir, ambulantes ruines,
Des ministres du jour assiéger les palais,
Y disputer le prix que l'on donne aux valets !...
Pourquoi donc ne peut-il, tout entier à lui-même,
Aimer en liberté tout ce que son cœur aime?
Car il a besoin, lui, d'amour pour exister.
A chaque instant, ainsi, pourquoi le tourmenter?
Vainement votre main à son front pur s'attache,
Car nul attouchement n'y peut laisser de tache.
Vous pourrez accoupler la misère à son nom,
Mais l'avilir, souiller, courber son âme ! — Oh ! non,

Non ; car loin de céder à de honteuses craintes ,
Sa fierté se roidit sous de lâches contraintes.
Laissez-le donc toujours librement s'épancher
Sur les tendres objets qui le savent toucher. —
Méchants ! Ah ! respectez l'humble enfant des poètes
Et laissez-lui ses fleurs, ses douces violettes !

1852.

AMOUR.

A J. R.

Souffle divin, sauveur des mondes,
Qui les ranimes, les fécondes,
Haleine chaste du printemps,
Est-ce toi qui viens, fraîche et pure,
D'un paisible et léger murmure
Animer ces roseaux flottants?

Est-ce toi qui, de la prairie
Glissant sur la cime flétrie
Des ormes, des jeunes tilleuls,

13

Gémis dans la course rapide
Ainsi que le follet timide
Qui fuit à travers les glaïeuls.

Essence de vie, ah ! tu donnes
Aux grands monts leurs vertes couronnes,
A l'oiseau la mousse des nids,
L'azur à la nue ondoyante,
Et leur parure verdoyante
Aux prés que l'hiver a ternis !

Salut ! viens rendre à ma pensée,
Viens rendre à mon âme blessée
Un courageux et noble essor ;
Ramène-moi la poésie,
Vierge à la douce fantaisie,
Aux purs accents, aux rêves d'or.

Mais quel fantastique vertige !
La feuille est séchée à la tige,
L'air est frais lorsque vient le soir ;
A nos vœux le soleil échappe,
Et le cep est veuf de la grappe
Qu'on entasse dans le pressoir.

L'horizon est voilé de brume
Et l'aurore au matin s'allume,

Rouge au milieu d'un froid brouillard.
Le ruisseau moins gaîment s'épanche,
Et le jeune oiseau sur la branche
Interrompt son chant babillard.

Ce n'est pas l'humble primevère
Qui règne, mais l'automne austère.
Pourquoi donc ces ravissements
Qui viennent embellir ma vie?
Oh! c'est qu'en riant mon amie
M'enlace de ses bras charmants.

Qu'importe la saison des roses?
Sur mes genoux quand tu te poses,
O toi que je n'ose nommer,
Pour moi tout est printemps, jeunesse;
Tu me rends la douce allégresse,
Tu me rends le bonheur d'aimer !

Ce n'est pas le vent de la plaine
Qui murmure; c'est ton haleine
Dont je bois le souffle amoureux.
Si de volupté je frissonne,
C'est lorsque ta main s'abandonne
Dans les boucles de mes cheveux.

Ma sœur, mon amie et ma mère,

Reste, ainsi, car mon front sévère
S'éclaircit au son de ta voix ;
Car chacune de mes tristesses
S'évanouit à tes caresses :
Tes regards sont ma seule loi.

Oh ! près de toi, ma bien-aimée,
Pour mon âme heureuse et charmée,
Le bonheur peut-il s'épuiser ?
Ma bouche, d'amour transportée,
Presse ta lèvre veloutée
Qui palpite sous mon baiser.

. . . .

Oh ! dis-moi : oui, je suis heureuse,
Afin que mon âme amoureuse
Comme un trésor garde ces mots.
Amie, oh ! redis-moi : je t'aime,
Talisman magique et suprême
Devant qui s'éclipsent mes maux.

Pour moi, je le dirai sans cesse,
Ce doux symbole de tendresse,
Et lorsqu'un jour mon âme, enfin,
Aura lavé toute la lie

Dont souvent elle fut salie ;
Quand j'aurai vaincu le destin.

Quand ma voix moins pleine de larmes
Saura faire, avec plus de charmes,
Répéter mes vers à l'écho,
Dans un chant pur comme Valmore,
Comme Lamartine sonore,
Fier, inspiré comme Hugo,

Je veux révéler à la terre
De ta bonté le saint mystère,
De ton amour la sainte loi,
De tes baisers l'ardente flamme,
La douce candeur de ton âme,
Et tous s'écrieront comme moi :

Laisse de ta main, comme une onde,
Ta bénédiction féconde,
O Dieu ! s'épandre à larges flots
Sur cette femme humble et modeste
Dont le cœur plein d'un feu céleste
Epure et calme les sanglots.

Bénis le port où le poète
A trouvé, pendant la tempête,

Un abri contre les douleurs.
Dieu ! dans ta clémence infinie,
Répands sur cette belle vie
Des parfums, des fruits et des fleurs !

1836.

A MAGU,

Tisserand à Lizy-sur-Ourcq.

> Agrandis ton cœur... laisse agir ce réseau,
> Cet instinct qui veut t'élever.
>
> *Noël et Tissot.*

Je me disais : hélas ! Magu n'a de son frère
    Gardé nul souvenir !
Et je l'avoue, ami, cette pensée amère
    Souvent m'a fait souffrir :
Quoi ! j'aurai, de transports d'amour et d'espérance
    Le cœur soudain saisi,
D'un long cri de bonheur salué la naissance
    Du chantre de Lizy ;
Quoi ! j'aurai, signalant son astre qui se dresse
    Brillant à l'horizon,

Convié tous les cœurs, en ma sainte allégresse,
    A révérer son nom;
Et l'ingrat m'oublierait! La mutuelle flamme,
    Qui, dès les premiers jours,
De ses éclairs sacrés illuminait notre âme,
    S'éteindrait pour toujours!
Hélas! il en est trop de ces âmes hardies
    Promptes à chagriner!...
Ah! quand il voit couver de telles perfidies,
    Le ciel devrait tonner!
Tout fier de ses succès, peut-être l'infidelle
    D'un sourire moqueur
Accueillerait ma plainte... Ah! la gloire vaut-elle
    Un battement du cœur?
Arrache ces lauriers! Vers moi tourne la vue!
    Las! en mon désespoir
Mon œil erre au hasard dans l'immense étendue,
    Cherchant s'il peut te voir!
Qu'en ses liens de sang la parenté charnelle,
    Pleine de soins jaloux,
Se divise d'instincts dans sa route mortelle,
    Je le comprends; mais nous!...
Frères par le malheur, frères par la pensée,
    Frères en même foi,
Est-il pour nous flétrir d'haleine assez glacée?
    O Magu, souviens-toi!...

Ainsi, du Jard touffu parcourant les allées,
Je laissais s'échapper mes rimes désolées.
Rien n'appaisait mes cris, ni les ombrages verts,
Ni le chant des oiseaux! quand tout-à-coup tes vers,
Légers, vifs, enjoués, pleins de gracieux charmes,
Sont venus dans mes yeux vite sécher les larmes.
Tout tremblant d'une douce et pure volupté,
Combien en les lisant mon cœur a palpité!
Oh! c'est Magu! jamais il n'oublia son frère;
Il l'aime encore! — Alors chagrin, grosse colère;
Tout tomba: comme on voit quelquefois au printemps
S'évanouir soudain les nuages flottants.
Pardonne-moi, Magu. Mon Dieu! je suis extrême,
Et méchant, et jaloux, mais c'est qu'aussi je t'aime.
Vois-tu: je t'aime, oh oui! pour tes rudes labeurs,
Pour ta rare noblesse à porter les malheurs,
Pour ton cœur indompté, qui traverse la vie
Exempt d'ambition, de chagrin et d'envie.
Souvent je crois te voir, sur ton métier penché,
Pour achever un vers avec peine ébauché,
Arrêter tout-à-coup la navette animée,
Qui va, glisse, achevant sa tâche accoutumée,
Puis soulevant ton front du travail odieux
Qui brise ta poitrine et dévore tes yeux,
Heureux d'avoir saisi ta poétique proie,
Laisser monter au ciel un sourire de joie!...

Oh! qui pourrait alors dire combien mon cœur
Se remplit de pitié, d'amour et de douleur!
De vœux chastes et purs qui lentement s'élèvent
Ardents, demi-formés, et dans les cieux s'achèvent ;
Et je pleure, et je souffre! Hélas! je t'aime tant
Que ton nom me ravit et me charme. — Et pourtant,
Pensée ingénieuse à venir me confondre!
J'ai tardé bien long-temps moi-même à te répondre,
Mais tu voulais des vers, et mon esprit troublé
S'est de leur langue, hélas! à peine rappelé ;
Car, comme toi, Magu, j'ai mon humble navette
Dont je tisse les fils d'une vie incomplette.
Si mon regard au ciel s'élevait trop souvent
J'en recevrais bientôt le juste châtiment :
Tandis que mon esprit, perché sur quelque étoile,
Tout fier de contempler la vérité sans voile,
Ferait le beau, le docte, et se pavanerait,
Sifflerait, chanterait, rossignoliserait,
De mes distraites mains, l'une après l'autre oisive,
Jusqu'au sol glisserait la navette inactive ;
Or, quelque ingrat qu'en soit le produit chaque jour,
Tout travail doit, Magu, se faire avec amour.
Puis la muse aime bien, oui, mais toujours exige
Et ne pardonne pas alors qu'on la néglige.
Oh! malheur à l'amant qui, tiède après l'aveu,
La prive trop long-temps de longs baisers de feu!

En vain reviendrait-il, plein de vives tendresses,
De la muse irritée implorer les caresses ;
Il n'en obtiendrait plus qu'un amour froid, distrait :
De mon silence, ami, voilà tout le secret.

Une autre cause encor. J'aurais tant à te dire
Que je trouve bien long et bien froid de t'écrire ;
Mais toi, viens donc me voir? Déjà l'été s'en va.
Oh ! je t'embrasserai comme un bon frère, va !
Liberté pour tes goûts et pour tes rêveries ;
Nous aurions à nous deux de douces causeries
Qui partiraient du cœur; puis, quand nous voudrions
Délasser notre esprit, dans le Jard nous irions.
Mon Elise, qui sent déjà la poésie,
Et mon beau Stanislas, à mine épanouie,
Et puis mon beau gros chien, que tu ne connais pas,
Viendraient en trottinant de loin suivre nos pas,
L'un pleure de bonté, l'un rit, l'autre bégaie :
Trinité qui séduit, charme, console, égaie,
De mon âme enivrée indicible trésor
Que l'o   drait en vain payer au poids de l'or,
Et qui   pourtant, mystère saint, étrange !
Qu'un   ir aimant et pur et bien simple en échange !

Quelquefois en des vers enfantés sans effort,
Ami, nous peindrions les caprices du sort

Sous qui le faible tombe et qu'un cœur ferme brave,
Nous n'aurions pas toujours le front pensif et grave :
Non. Quelquefois aussi sans gêne nous rirons ;
S'il manque de sujets, c'est que nous le voudrons,
Car en grotesques faits, en folle jouissance,
Notre Châlons n'est pas si pauvre qu'on le pense.
Tu peux y contempler ces esprits de travers,
A qui la poésie offre des fruits trop verts,
Qui disent gravement : «Qu'est-ce donc qu'un poète ?
» Tout est confusion et désordre en sa tête ;
» Il ne saura jamais atteindre le sommet
» De nos conceptions ; car il embrouillerait
» Dans son étroit cerveau les fils de la science ! »
J'ai taxé ces discours, souvent, de suffisance,
Mais j'y crois maintenant, car, Magu, vois-tu bien :
Ce savoir, qu'est-il donc ? des mots, du vide, rien.
Or, quelque point sublime où l'esprit puisse tendre,
Le néant, cher ami, pourrait-il se comprendre ?
Te noter tout sujet de fou rire, oh ! vraiment,
J'en aurais jusqu'au jour du dernier jugement ;
Mais je puis te citer — les *beaux* qui, le dimanche,
Promènent habit noir, canne, cravate blanche,
Fin pantalon sanglé des deux bouts, pur de plis ;
Vrais martyrs des sous-pieds et des torticolis !
Tu verras ces dandys, lions civilisés,
Aux termes de manége à peine apprivoisés,

Brandissant un long fouet en guise de cravache,
Traînant leurs éperons, caressant leur moustache,
Du fameux jockey-club singeant les grands meneurs,
Transformés tout-à-coup en apprentis veneurs,
S'élancer, transportés d'une vague furie,
Pour dresser dans la rue, à défaut de prairie,
Leur meute composée en tout d'un maigre chien :
Sublime emploi du temps, d'un homme, d'un chrétien !..
— Puis Saint-Alpin l'humide, avec sa sonnerie
Qui du matin au soir et grince, et piaule, et crie,
Célébrant l'Eternel, angélique concert !
Sur l'air religieux du *bon roi Dagobert*,
Ou de *fleuve du Tage*, ou de cette complainte
Qui de tout condamné chante la vie éteinte :
Accords qui, sans pitié, déchirent le tympan
Et vous font envoyer le sonneur à Satan.

Par ces tableaux, tu vois, Magu, que notre ville
Peut suffire au besoin à rafraîchir la bile ;
Qu'on peut y être heureux *comme*, ou bien *plus* qu'un roi.
Et malgré tout cela, lorsque je songe à toi,
Mon cher Magu, je ris, mais c'est du bout des lèvres,
Car de beaux vers éclos de ton cœur, tu nous sèvres.
Te voilà des oisifs l'obligeant chevalier
Et collaborateur du mondain Olivier,
Prêtre qui met sa gloire, en un pompeux office

Tout bourré de tam-tam et de feux d'artifice,
A voiler le Très-Haut sous les clinquants de l'art,
Et faire concurrence aux galops de Musart !
Un autre te poursuit avec des PARABOLES,
Disant sans doute rien en beaucoup de paroles,
Qu'il te faudra tourner et remuer cent fois
Avant que, harassée et réduite aux abois,
Ta muse ait pu trouver, ennuyée et honteuse,
Un vers, un pauvre vers qui la rende joyeuse !
Un importun, forgeant en dépit du bon sens
Des vers entortillés, froids, flasques, impuissants,
Où faisant de l'esprit en prose qui grimace,
Mendie en ton volume une orgueilleuse place.
Et toi, sans hésiter, pauvre enfant du bon Dieu,
Du poétique char faisant crier l'essieu,
Te voilà t'élançant en des plaines arides
Où croissent au hasard quelques fleurs insipides
Dont tu voudrais tresser quelque couronne, en vain !
Car ces fleurs, en courant, se fanent dans ta main.

Qui, toi, l'enfant du peuple, user ta noble vie,
Tes sublimes instincts, ce talent qu'on t'envie
En labeur inutile à tes frères, à toi !
Habiller de tes vers quelque sujet futile !
Des importunités d'une tourbe imbécille
    Suivre la sacrilége loi ?

Ah! que j'aimerais mieux te voir sur une route,
Une pioche à la main, la sueur goutte à goutte
Ruisselant de ton front sur un sol dur, pierreux :
Oui, ton corps serait las, mais du moins ta pensée,
De ton cerveau parfois avec force élancée,
    Libre, irait planer dans les cieux.

Et tu n'as pas besoin, ami, pour que la gloire
Dans les temps à venir consacre ta mémoire
Qu'incessamment par toi les vers soient entassés.
Quand l'inspiration viendra, prends ta palette ;
Dote de quelques sœurs ta charmante NAVETTE :
    Pour être immortel, c'est assez.

Adam chanta bien peu ; le jeune Malfilâtre
Fit à peine vibrer son luth qu'on idolâtre ;
Par quelques vers Gilbert illustra son beau nom.
Il suffit au talent réel, pour qu'on y croie,
D'une élégie en pleurs du tendre Millevoie,
    Ou d'une ode d'Anacréon.

Allons, réveille-toi, Magu, le temps s'écoule :
Ose lever la tête au-dessus de la foule.
Aime, c'est en aimant qu'on apprend à chanter ;
Mais plus de travaux nuls, de complaisance folle ;
Le génie, à son gré, se tait, prend la parole :
    C'est au vulgaire à l'écouter.

Eh ! regarde ! au printemps, quand toute fleur éclose,
Violette, aubépine, œillet, jasmin ou rose,
Offre à l'active abeille un suave butin,
La vois-tu, sans motif, inoccupée, errante,
Disperser au hasard sa moisson odorante
  Sur tous les buissons du chemin ?

Non, non ; elle sait trop, travailleuse fidelle,
Qu'elle en doit enrichir la ruche fraternelle :
Que là seul son trésor mûrit en sûreté.
A ces enseignements rends-toi donc? Qui t'arrête?
Il croît partout des fleurs pour les chants du poète,
  Et sa ruche est l'HUMANITÉ !

C'est là qu'il doit verser l'essence de son âme.
Elans vers l'inconnu, transports, désirs de flamme,
Extases de l'amour, tourments, sombre douleur,
Sympathie envers tous, pitié pour la souffrance,
Rêves mystérieux, désespoir, espérance,
  Angoisse amère du malheur ;

Ces émanations, dans la vie aspirées,
Se formant lentement en strophes inspirées,
Vont tomber et mûrir au fond des cœurs surpris ;
Miel savoureux et fort ; baume saint et sublime
Qui ferme toute plaie, et console, et ranime ;
  Trésor dont nul ne sait le prix !

Ainsi font les enfants de céleste origine ;
Ainsi chantent Hugo, Béranger, Lamartine :
Joie ou douleur, jamais leur cœur n'a palpité
Sans enfanter un chant de plainte ou d'espérance ;
Sans qu'un long cri d'amour et de reconnaissance
    N'y réponde de tout côté.

Toi, qu'éprouva souvent la douleur, la misère ;
Toi, marqué de bonne heure, au front, du chrême austère
Qui de deuil et de gloire est venu te sacrer ;
Magu, dans les replis de ton âme profonde,
N'as-tu pas des secrets à révéler au monde
    Qui fassent sourire ou pleurer ?

Cours à la ruche, ami ! choisis ton alvéole ;
Déposes-y les sucs de la sainte parole.
Vois quelle activité circule dans ce lieu !
« Pour tous ! » tel est le cri des fécondes abeilles :
Mais tout travail est libre, et de l'emploi des veilles
    Il n'est rendu compte qu'à Dieu !

15 juillet 1841.

A J. R.

Improvisation en lui donnant une brochure de mes vers.

A toi qui rends le calme à mon âme oppressée,
Ange, mon seul trésor, mon Dieu, mon univers,
Qui sans cesse remplis mon cœur et ma pensée,
 A toi l'hommage de ces vers !
 Je te le dois: c'est ton sourire,
 C'est ta grâce, c'est ta bonté,
 Qui m'ont rendu ce beau délire
 Qui, seul, aux maîtres de la lyre
 Peut donner l'immortalité:
 Oh ! ce désir qui me dévore,

Cette soif de la conquérir,

Maintenant c'est pour toi. Ton doux nom que j'adore,

Bon ange, il ne doit pas mourir !

Il faut qu'un jour, voyant ton image sacrée

Reproduite en mes vers, on dise de nous deux :

Simple, elle méritait d'être aimée, adorée ;

Il puisa le talent, le courage en ses yeux.

Elle fut tout pour lui, sœur, mère vénérée,

Il fut aimé par elle !.. Oh ! qu'il dut être heureux !

ADJURATION.

Pouvoir occulte et dont l'ordre dispense
A l'univers d'inévitables lois,
Démon ou Dieu, Destin ou Providence,
Fatal génie, écoute ici ma voix.
Je ne viens pas d'une plainte grossière
De vœux sans fin pour moi t'importuner;
Non, mais pour tous j'élève ma prière :
Si je demande, ah! c'est pour tout donner !

Dans ces palais quand l'opulence heureuse
Voit tous les arts venir à son secours,
D'un souffle impur la misère hideuse
Du prolétaire empoisonne les jours.
Sans cesse, en vain, courageux, il travaille
Pour ses enfants, fleurs qu'il voit se faner...
Il meurt de faim sur sa couche de paille :
Oh ! donne-moi du pain pour lui donner !

Quand le chagrin dans sa lâche apathie
N'oppose plus de résistance au sort,
J'ai vu souvent la tendre sympathie
D'un cœur flétri remonter le ressort.
Mais j'ai trop bu de souffrances amères ;
A trop de maux tu voulus m'enchaîner.
Je ne sais plus encourager mes frères :
Donne-moi donc des pleurs pour leur donner !

Pourtant je sens dans mon âme embrasée
D'un saint amour les feux générateurs ;
Ne puis-je pas en fertile rosée
Verser à tous des chants consolateurs ?
Tourne sur moi ta rage inassouvie :
Grâce pour ceux que tu veux condamner !
Frappe, déchire et dévore ma vie,
Mais donne-moi des chants pour les donner !

MILLEVOYE.

Poète à la voix pure, aux pensers ravissants,
Millevoye apparut dans cette sombre vie
Comme un ange d'amour et de mélancolie,
Pour séduire l'oreille et le cœur et les sens.

Le front tout parfumé de baisers caressants,
Il exhalait son âme en douce mélodie.
L'ardente volupté pour lui n'eut point de lie,
Mais des flots de nectar sans cesse renaissants.

Il lègue à l'avenir une page immortelle.

Enfin, las de bonheur, comme une fleur nouvelle,

Il tombe en son midi, brisé, sans se flétrir.

O soir délicieux d'une belle journée !

O sort digne d'envie ! ô sainte destinée !

Jeune, aimer, être aimé, le chanter, puis mourir !..

LES DEUX MÈRES.

A J. R.

C'est un charme à vos maux qu'une femme y réponde,
Lecouvé. — *Mérite des Femmes.*

Le soleil échauffait à peine
L'air, chargé d'un épais brouillard,
Un pauvre et sombre corbillard
Traversa tristement la plaine.

Puis suivirent quelques parents,
Près d'un fils qui sanglotte et pleure,
Jusqu'à la dernière demeure,
Le front découvert, à pas lents.

Quand de l'enceinte funéraire
Le cortége eut franchi le seuil,
Et que long-temps sur le cercueil
Eut roulé sourdement la terre ;

Le fils pieux, dans sa douleur,
Tressaillit d'horreur et de crainte,
Et cette triste et douce plainte
S'éleva du fond de son cœur :

« Adieu ! Toi qui fus mon amie ;
Toi dont le souvenir sacré
Vivra tendrement vénéré
Par celui qui te dut la vie ;

» Toi que trouva toujours le sort
Insensible à toute secousse ;
Femme aimante, toi qui fus douce
Avec la vie, avec la mort ;

» Ma mère, tu viens de descendre
Au gouffre ouvert incessamment ;
Et, trop pauvre, d'un monument
Je ne puis honorer ta cendre !

» Rien ne dira que des vertus
Consacraient ton humble carrière ;

Mais tu ne meurs pas tout entière,
O toi que je ne verrai plus !

» Car, de la pure et sainte flamme
Qui se révélait dans tes yeux
Je veux nourrir, dévotieux,
Le germe céleste en mon âme.

» J'aurai pour mes frères souffrants
Ta bonté, touchante magie ;
J'aurai ta naïve énergie
Pour braver l'effort des méchants.

» Hélas ! c'est ma seule espérance.
Ce vain monde où je reste seul
Va m'envelopper d'un linceul
D'ennuis, de deuil et de souffrance.

» Oh ! désormais nul ne voudra
Prendre pitié de mon délire ;
Nul n'aura pour moi ton sourire,
Car mes maux, qui les comprendra ?

» Eh ! qui me rendrait mes ivresses,
Quand, plein des transports les plus doux,
Homme déjà, sur tes genoux
Je cherchais encor tes caresses ?

» Quand ta simple et pure gaîté
Changeait mes pleurs en douce joie,
Et me consolait dans la voie
Où me poussait l'adversité?

» Seul, avec ma pensée amère,
Dans un désert je vais errer ;
Sans cesse j'y vais te pleurer :
Adieu pour toujours, ô ma mère ! »

Bien long-temps vécut l'orphelin,
Abreuvé de sombres alarmes.
Sur sa route, pour lui des larmes
Le calice était toujours plein.

Pourtant, bien souvent, inspirée,
Son âme épandue en ses vers,
Rebelle aux tyrans, de ses fers
Venge l'humanité sacrée.

Fier, il réclame au nom de tous
Le bonheur des races futures. —
Viennent à présent les tortures
Et les geôliers et les verroux !

Comme avec ardeur il s'enivre
A la coupe du dévouement !

Le péril ! — alors seulement
Le poëte se sent revivre. —

Mais rien à ses nobles transports
N'a répondu !... plus de courage !...
Tous, abrutis par l'esclavage,
Ferment l'oreille à ses accords.

Hélas ! pour ton âme flétrie,
O poëte ! plus de repos,
Car viennent se joindre à tes maux
Les souffrances de la patrie !

Cependant, on le vit un jour
Avec joie accorder sa lyre ;
Sa bouche se prit à sourire
En murmurant des mots d'amour ;

Puis un chant, fidèle interprète
D'un bonheur pur, délicieux,
Doux et sonore, vers les cieux
S'élança du cœur du poëte.

C'est que le sort s'était enfin
Lassé de frapper la victime ;
C'est qu'un ravissement sublime
Venait consoler l'orphelin ;

Car dans une épouse bien chère,
Chaste par l'esprit et le cœur,
Ange de bonté, de candeur,
Il avait retrouvé sa mère !

Avril 1840.

ANNIVERSAIRE.

A STANISLAS.

Le jour où l'Eternel entr'ouvrit ta paupière,
Le ciel resplendissait d'azur et de lumière
Comme dans ce beau jour, ô mon fils adoré !
Par un cri calme et fort tu saluas la vie,
Témoignage qu'aux maux dont elle est poursuivie
Ton cœur ardent toujours se tiendrait préparé.

Et le temps de son doigt clot ta première année !
Elle s'écoula douce, et calme, et fortunée,

Car le mal respecta tes membres délicats.
Tu grandis sans douleurs, sans me causer d'alarmes;
De plaisir seulement tu fis couler mes larmes,
Quand, gracieux et beau, tu jouais en mes bras.

Oui, du fond de mon cœur, cher enfant, je t'admire
Quand ta bouche en tes jeux s'orne d'un frais sourire,
Ou bégaie au hasard des mots vagues, charmants;
Ou lorsque, bondissant avec force et souplesse,
Tu me fais partager ton enfantine ivresse:
Tant la grâce embellit tes moindres mouvements!

Et puis il est si pur ton front! et ta prunelle
Cent fois en un moment, tour-à-tour, étincelle
Et de tant de malice, et de tant de gaîté,
De bonté, de douceur, de vive intelligence;
Tu réunis si bien les charmes de l'enfance,
Que t'entendre et te voir est une volupté!

C'est volupté de voir comme sous la feuillée
S'épanouit soudain ta jeune âme, éveillée
Au murmure du vent dans les souples rameaux;
Comme un soupir d'amour y gonfle ta poitrine;
Comme y brille ton œil d'une extase enfantine;
Comme alors tes regards sont célestes et beaux!

C'est encor volupté, pauvre chéri, d'entendre
Comme est ta jeune voix affectueuse et tendre
Pour appeler ta mère, et de voir tes deux mains
Battre d'aise à sa vue, et ton sourire éclore ;
Et, lorsque retentit sa voix pure et sonore,
Comme la tienne essaie à suivre ses refrains !

Si, lorsque, loin de tous, radieux, je t'emporte,
Qui pourrait exprimer quel bonheur me transporte
Quand, de tes petits bras me faisant un collier,
A d'aimables transports follement tu te livres,
Et pressé sur mon sein, caressant, tu m'enivres
De ces baisers si purs qu'on ne peut oublier ?

Cher enfant ! lorsqu'ainsi ta lèvre, fraîche et rose,
Sur ma joue ou mon front légèrement se pose,
Un saint ravissement me remplit tout entier !
Tu me sembles alors, en mon délire étrange,
De charité, d'amour, quelque gracieux ange
Dont le souffle divin me vient purifier.

Et mon âme s'emplit de volupté profonde.
Mon Stanislas, alors, pour moi c'est tout un monde
De pure poésie, et d'espoir, et d'amour !
Puis, soudain, sur mon cœur, tout pantelant d'ivresse,

Retombe ce penser plein d'amère tristesse :
Dieu ! cet enfant ainsi m'aimera-t-il toujours ?

Ah ! c'est que du bonheur je connais l'inconstance :
S'il s'échappe, à sa place il laisse la souffrance
Qui ronge les instants au plaisir destinés !...
J'ai peur !... toujours la nuit vient effacer l'aurore,
Et, depuis que ta vie a commencé d'éclore,
Que de jours de bonheur déjà tu m'as donnés !

S'ils allaient fuir ces jours ; si, brisant son ouvrage,
Ton amour replongeait en un cruel veuvage
Mon âme avec transport se rattachant à lui !
Dieu puissant, si cet astre en qui j'ai mis ma joie
Cessant, hélas ! un jour d'illuminer ma voie,
Pour la rendre plus sombre un moment avait lui !

Ainsi mon cœur blessé se désole et soupire,
O cher enfant ! mais vienne à briller ton sourire ;
Mais vienne à résonner le doux son de ta voix ;
Mais viennent m'enivrer tes charmantes caresses ;
Alors naissent en moi d'ineffables ivresses :
Car, en ton chaste amour, et j'espère, et je crois !

1842.

15

À Mme ÉLISE ***,

Auteur d'une pièce intitulée : Les Pleurs.

> Levez-vous ! recevez la lumière, car voilà
> que votre lumière est venue, et que la
> gloire du Seigneur s'est levée sur vous.
>
> Isaïe. — Ch. 60, v. 1.

Chaste sœur ! sous le nom de femme,
Ange aimant envoyé du ciel,
Ta noble voix est pour mon âme
Comme un pur et divin dictame,
Comme un chant léger d'Ariel.

Mais, las ! que ta douce mandore
Est cruelle en ses chants pieux !
Elise, des plaintes encore !
Dans ton cœur un mal qui dévore,
Et des pleurs brûlants dans tes yeux !

Elise, entends le cri des âges
Qui te défendent de gémir !
Le soleil vaincra les orages :
Déjà s'éclipsent les nuages
Qui nous dérobaient l'avenir.

Dieu, par la voix de ses prophètes,
Promet le culte de l'amour.
Préludez à ces jours de fête,
FEMMES ! Soyez les interprètes
Du Dieu qui doit régner un jour !

Femmes ! votre carrière est belle ;
Car, toutes jeunes, vous savez
Plier notre fierté rebelle
A cette tendresse immortelle,
Si pure quand vous l'éprouvez !

L'amour, oui, c'est là votre vie !
Dès le berceau, c'est déjà lui
Qui soumet votre âme ravie ;
Votre sort est digne d'envie,
Dès que cet astre vous a lui,

Tout cède à votre grâce aimante,
Et, soit sous le doux nom de sœur,

Sous celui de mère ou d'amante,
Votre parole est consolante;
Votre empire est plein de douceur!

O femme! l'humanité crie;
Elle se tord dans les douleurs;
Vers toi sa voix s'élève et prie.
Pour répondre à qui te supplie,
N'auras-tu jamais que des pleurs?

Non, non: redemande ta place
A notre monde froid et vain;
Dieu bénira ta sainte audace:
Arme-toi de force et de grâce;
Accours! et viens tendre la main

A la fille du prolétaire;
Ne la laisses pas se flétrir,
Ou, languissante et solitaire,
S'envelopper d'un noir mystère,
Lorsque nos lois la font mourir.

L'humanité n'a d'espérance
Qu'en ta forte et douce amitié.
Viens lui révéler ta puissance;

Au cri de sa longue souffrance,
Réponds par un cri de pitié.

Pitié pour la femme égarée,
Qui, dans la sève des beaux jours,
Cédant à son âme enivrée,
Se livre belle, idolâtrée,
Aux baisers brûlants des amours !

Pitié, pitié pour elle encore,
Pour ses beaux ans sitôt pâlis
Quand le prisme se décolore
Où venait tout ce qu'elle adore,
Brillant, se refléter jadis ! —

Hélas ! et c'était un délire,
Pourtant, au milieu d'un festin,
Quand sa bouche daignait sourire !
Chaque regard semblait lui dire :
« Aimez, c'est là votre destin ! »

Quand sur ses épaules d'ivoire,
Folle, elle répandait à flots
Sa longue chevelure noire,
Alors chacun eût mis sa gloire
A baiser ses brillants anneaux ;

Et dans cette extase suprême
Où le ciel se révèle à nous,
Quand son œil mourant disait : «J'aime!»
De tant de bonheur un Dieu même
Eût demandé grâce à genoux !...

Oh ! pitié pour l'infortunée !
Car le chagrin courbe son front.
Et pour sa beauté profanée,
Pour tant de volupté donnée,
Le monde lui jette l'affront ;

Car le monde l'a prise en haine,
Parce que, belle en sa fierté,
Elle a repoussé cette chaîne
Ignoble et pesante, que traîne
Une esclave sans dignité ;

Parce qu'elle a dit : « Je suis Femme ;
» A moi l'amour ! mais noble et grand :
» L'amour tel qu'il est dans mon âme :
» Ne livrons pas sa chaste flamme
» Au souffle glacé d'un tyran,

» Pour qu'après sa bouche menteuse
» Aille redire à ses amis

» Qu'auprès de lui je suis heureuse,
» Quand son amour fastidieuse
» Viendra charger mon front d'ennuis.

» Aimons comme Dieu veut qu'on aime :
» Avec dévouement et candeur,
» Et que le ramier soit l'emblème
» De ce besoin d'aimer extrême
» Qui bouillonne au fond de mon cœur.

» Vienne en sa douce rêverie
» Reposer son front sur mon sein,
» Celui qui, loin de sa patrie,
» Proscrit pour l'avoir trop chérie,
» Fuit des rois le glaive assassin.

» Vienne, en sa course aventureuse,
» L'artiste oublier en mes bras
» Les cris de la foule envieuse,
» Les chagrins d'une âme fougueuse,
» Ses longs travaux, ses durs combats.

» Ou plutôt, tarissant ces larmes
» Qui de douleur le font mourir,
» Calmant ses cuisantes alarmes,
» Je veux qu'enivré de mes charmes
» Il s'indigne de tant souffrir ;

» Que, noble et fort, il se ranime,
» Et, palpitant de volupté,
» Rempli d'un espoir magnanime,
» Il jette un jour son nom sublime
» Au vent de l'immortalité! » —

Des cris et des chants de victoire,
Femmes, pour votre aimable sœur !
Des roses pour son front d'ivoire !
Cent fois l'homme devant sa gloire
Abaissa son regard moqueur.

Cent fois, courbant sa tête altière,
Il implora d'elle en tremblant,
Avec larmes, avec prière,
Les deux genoux dans la poussière,
Un bonheur refusé souvent :

Mais un bonheur dont rien n'égale
L'enivrement délicieux,
Alors que, de volupté pâle,
Une amante à nos yeux étale
Des trésors enviés des cieux !

Femmes ! hâtez l'ère immortelle
De Justice et d'Égalité,

Où régnera la loi nouvelle :
Loi divine, loi sainte et belle
De DÉVOUEMENT, de LIBERTÉ !

Laon, 1834.

LA MORT DE MA MÈRE.

Frappe encore, ô douleur! si tu trouves la place,
Frappe! ce cœur saignant t'abhorre et te rend grâce.
De Lamartine. — *Harmonies.*

On! venez, mes amis! venez, ma mère est morte! —
Venez! — La voyez-vous étendue à la porte?
Oui, ce coffre de bois couvert d'un linge blanc,
Que nous allons porter tous, d'un pas triste et lent,
A présent, c'est ma mère!... insensible et muette,
Telle qu'un Dieu de paix et d'amour me l'a faite!... —
C'est bien ma mère! Oh! oui! mes doigts religieux
Ont baissé sa paupière à jamais sur ses yeux,
Ces yeux qui me disaient tant d'amour! qui de larmes
Se remplirent souvent à de vaines alarmes!...

C'est moi qui l'ai couchée en ce triste cercueil,
Moi, son fils, qu'elle eut pu presser avec orgueil
Dans ses bras maintenant sans force, si le monde
N'avait doté mes jours d'une douleur profonde.
La pauvreté sur moi pèse comme un forfait :
Cette société de marbre, elle me hait !
Mais je souffleterai sa lâche indifférence,
Car mon bras peut frapper plus haut qu'elle ne pense.
Long-temps au souvenir cuisant de cet affront,
Souvent ruissclera la honte sur son front.
Le savez-vous bien tous qui m'a tué ma mère ?
Eh bien ! c'est le tourment d'une existence amère :
C'est, quand le sombre hiver revenait l'effrayer,
Qu'à peine un noir tison réchauffait son foyer,
Et que la vie est dure à ceux dont l'espérance
Jamais d'un baume pur n'adoucit la souffrance.
Puis, tandis que sa main, à l'aide du fuseau,
D'un tulle entrelaçait le fragile réseau,
Dans son âme stoïque, et pour elle sans plainte,
Bien souvent s'élevait une funeste crainte ;
Car ses pensers, plongeant au sein de l'avenir,
Prédisaient des malheurs toujours prêts à surgir.
D'ailleurs elle voyait ma jeunesse abusée,
Sans fruit, dans les transports, dans les larmes usée,
Et son cœur se brisait. Combien m'a-t-elle dit :
« Hélas ! qu'espères-tu dans ce monde maudit ?

Pourquoi de consumer ainsi mon Hippolyte,
En veilles, en travaux? Dis-moi : le seul mérite
Que peut-il recueillir? La haine ou le dédain.
Tu ne sauras jamais, toi, mendier ton pain
Au prix d'une bassesse, et toujours la misère
Te suivra, car ton âme est celle de ton père! »

Et moi, je m'écriais : Ma mère, mes amours!
Encore un peu de temps, peut-être, et de tes jours
J'aurai purifié l'atmosphère glacée!
Car ceux qui maintenant ont lu dans ma pensée,
Ils m'aiment. Ils m'ont dit : « prends courage; bientôt
Tu pourras tr verser la foule le front haut.
Veuve de ses chagrins, bientôt ta pauvre mère,
Du fruit de tes labeurs enfin heureuse et fière,
Renaîtra pour la joie, et ses jours rajeunis
Voileront leurs douleurs de l'amour d'un bon fils. » —
Ils ne l'ont pas voulu ceux dont vient la puissance!...
Pourquoi t'en étonner, poète? La souffrance,
C'est ton destin; il faut qu'elle brise ton cœur :
Va! chante, mais gémis!... L'espoir vain et moqueur,
Un souffle te l'amène, un autre le remporte — ....
Oh! venez, mes amis! venez!... ma mère est morte!

1832.

A M. DELAUNE,

Professeur, qui, dans une pièce de vers, avait comparé sa muse
à une abeille et celle de l'auteur à une fleur.

JEUNE et vive abeille !
Cherche loin d'ici
Cette fleur vermeille
Qui fait ton souci.
Cette fleur si rare
N'est pas près de toi ;
Le ciel est avare
De parfums pour moi.
Ma pauvre corolle
N'a plus de fraîcheur,

Et je me désole
En vain ! — La rigueur
D'un sort trop funeste,
Avant les frimats,
A flétri le reste
De mes frais appas.
De la poésie
La douce ambroisie,
En de beaux jardins,
D'un charmant prestige
Embellit ma tige
Pour quelques matins !.. —
Des vents inhumains
Lors, m'ont transplantée,
Tremblante, agitée,
En un sol pierreux
Maudit par les Dieux.
Plus de belle aurore
En ces durs climats
Qui ramène encore
Zéphir sur ses pas ;
La froide tempête
Fait pencher ma tête ;
Mes frêles bourgeons
M'ôtent l'assurance
De compter d'avance

Sur des rejetons ;
La terre embrasée
N'a plus de rosée,
Las ! pour me nourrir ;
Ma tige est flétrie ;
Ma sève appauvrie
Ne fait que languir ,
Et , bientôt tarie,
S'en va défaillir.
Faible et languissante,
Dans mon épouvante,
Je me sens mourir.

Que viendrais-tu faire ,
Toi , vive et légère,
Auprès d une fleur
Qui vit isolée,
Triste et désolée,
Sans fraîche couleur,
Sans suave odeur?
Pleine de jeunesse,
Il te faut l'ivresse
De parfums divins ;
Laisse en sa misère
La pauvre étrangère,
Jouet des destins!

Va ! suis dans l'espace
La brillante trace
Des beaux papillons,
Agitant leurs ailes
En de chauds rayons
Sur les fleurs nouvelles ;
Filles du printemps,
A qui la nature
De lumière pure,
Aux jets éclatants,
Forme une parure
Qui charme en tout temps.
Fleurs de l'Ionie,
Fleurs de l'Ausonie,
T'ouvrent leurs trésors.
Puise en leurs calices
Ces purs délices
Sources de transports,
Et, laborieuse,
Alerte et joyeuse,
Bénissant le ciel,
A ta ruche, ensuite,
Viens déposer vite
Ton précieux miel.
Vole ! — mais de route
Crains de te tromper.

Je sais ce qu'il coûte,
Las ! de s'égarer !..
Ma gentille amie,
Je veux bien t'aimer ;
Mais je t'en supplie,
Pour te ranimer,
Jeune et vive abeille,
Cherche loin d'ici
Cette fleur vermeille
Qui fait ton souci !

1843.

PROMENADE.

Les charmantes petites filles
Là-bas, parmi les églantiers !
Que de têtes fraîches, gentilles !
Voyez les folâtres quadrilles
Qui s'envolent par les sentiers !

Les voix résonnent dans l'espace
Comme un écho sacré des cieux,
Et, dans la courbe qu'il embrasse,
Le charmant essaim s'entrelace
En mille replis gracieux.

Mais sa gaîté capricieuse
Est peu constante en ses désirs ;
Et voici la foule rieuse
Qui, sémillante et radieuse,
S'élance à de nouveaux plaisirs ! —

Sur les pelouses émaillées,
En disant de douces chansons,
Comme des roses effeuillées,
Toutes se sont éparpillées :
Blanches fleurs sur de verts gazons !

Et la nature est en extase
A voir tant de beautés fleurir ;
Et son souffle divin s'embrase
A froisser ces robes de gaze
Dont les plis flottants font mourir ! —

Tout est folle joie autour d'elles :
Tout est ravissement, transport !
Seul, l'homme, aux passions mortelles,
Soupire en les voyant si belles,
Souffre, se tait... désire encor !

A MA TRINITÉ,

En lui donnant un bouquet de Myosotis.

Trinité! source de bonheur,
Pour votre fête vénérée,
Je vous offre, ô mon adorée,
Cette charmante et simple fleur!
Vous lirez dans ce doux emblème,
Pour les cœurs tendres plein d'appas:
Plus je vous vois plus je vous aime!
Puis aussi: Ne m'oubliez pas?

Symbole que mon âme aimante
A parfois chanté dans ses vers,
Ma mère, ma sœur, mon amante,
Titres saints qui me sont si chers !
But enivrant, chaste et suprême
De mes pensers, de mes amours,
Astre qui brillez sur mes jours,
Plus je vous vois plus je vous aime !

Essayant des accords nouveaux,
Loin de vous rêvai-je dans l'ombre?
Mon âme s'émeut, triste et sombre,
Comme pressentant mille maux,
Des muses les douces lumières
A mes yeux se voilent, hélas !
Oh ! dans vos touchantes prières,
Ma mère, ne m'oubliez pas?

Mais combien bondit d'allégresse
Mon cœur, encore épouvanté,
Quand votre grâce enchanteresse
Brille à mon regard enchanté !
Alors mon ivresse est extrême;
J'espère, je crois au bonheur,
Et je murmure avec ferveur :
Plus je vous vois plus je vous aime !

Mes dou* rêves si pleins d'amour,
De pures v luptés, de gloire,
O les verrai-je, hélas ! un jour,
De l'oubli sauver ma mémoire ?
De ces désirs si le trépas,
Avant le temps brisait la trame,
Du moins, dans le fond de votre âme
Amie, oh ! ne m'oubliez pas ?

O trinité pleine de grâce !
Élise peint votre bonté ;
Stanislas a votre beauté ;
Votre amour en mon cœur se trace.
Céleste et saint enivrement,
Toujours nouveau, toujours le même !
Fils pieux, tendre frère, amant,
Plus je vous vois plus je vous aime !

CALME.

Le bonheur est aux champs, s'il existe pour moi.
DESBORDES-VALMORE. — *Élégies.*

J'ai fui la ville et ses rumeurs bruyantes.—
O bois touffus, campagnes verdoyantes,
Je viens chercher sous vos sacrés abris
Un air plus pur pour mes jours défleuris,
Le calme saint, l'ivresse aimable et pure
Que l'homme puise au sein de la nature;
Je viens y fuir le souvenir des rois
Et des forfaits de nos iniques lois !

Séjour tranquille
De Romainville,
Pré si fertile
De Saint-Gervais,
Gazons épais,
Riant bocage,
Source d'ombrage,
Où tout présage
Un doux émoi,
Je viens : c'est moi !

Me rendrez-vous les heures fortunées
Du beau printemps de mes jeunes années ?
O prés ! ô champs ! que vers moi vienne encor
La poésie au diadème d'or,
Et que, le soir, quand les belles étoiles
Des cieux obscurs illuminent les voiles,
Doux pour les bons, mais amers aux méchants,
A flots pressés coulent en paix mes chants !

Laisse, ô mon âme,
Jaillir ta flamme !
Chante et proclame
La loi d'amour
Qui doit un jour,
Aimante, austère,

Régir la terre :
Fleur de mystère
Que l'avenir
Verra s'ouvrir !

Inspirez-moi sublimes espérances !
Faites-moi croire à la fin des souffrances
Dont le réseau tient captif l'univers :
Que cette foi rayonne dans mes vers.
Lâches clameurs, fuyez ! intrigues viles,
Tumulte affreux des discordes civiles,
Monde empesté, dans la fange avili,
Sur vous je jette un long voile d'oubli !

O nuit ! silence
Plein d'indolence,
Fleurs que balance
Le vent léger !
Chant bocager !
Doux gazouillage
Sous le feuillage !
Frais paysage
Aux purs contours !
O mes amours !

Je suis heureux, ô campagnes aimées !
Du frais lilas les senteurs embaumées

Parfument l'air ; l'innocent églantier
Enclot de fleurs le tortueux sentier,
Où seul, errant à travers la prairie,
Je vais nourrir ma douce rêverie
Des vagues bruits enfantés par le soir :
Rêves d'amour, de bonheur et d'espoir !

Oh ! si mes veilles,
Chastes abeilles,
De fleurs vermeilles
Font leur trésor,
Pour prix, point d'or !
Mais que mes frères,
Aux jours prospères,
Gardent, sincères,
Mon souvenir :
Je puis mourir !

Belleville, juin 1857.

TABLE DES MATIÈRES.

ERRATA.

Page 203, au lieu de

Et puis mon beau gros chien, etc.

Lisez :

Et puis mon bon gros chien, etc.

Page 204, après ce vers

Vrais martyrs des sous-pieds et des torticolis !

Lisez :

Puis, grotesque produit de notre folle époque,
Mélange de vénal, de honteux, de baroque,
Tu verras, etc.

LISTE DES SOUSCRIPTEURS.

Mesdames :

BOURLON DE SARTY, à Châlons.

ESBÉRARD (Adèle), à Paris.

JOUSSELIN (Amélie), *id.*

LACAZE-MASSON, maîtresse de pension, à Rio-Janeïro.

MASSIANI, née BEZONS, à Châlons.

Messieurs :

ADNET-GALAND, à Châlons.

ARNOULD, membre du Conseil général, à Châlons.

ASSELINEAU, percepteur, à Châlons.

AUBERTIN frères, à Châlons.

BARBAT, lithographe, à Châlons.

BARBAT fils, *id.*,   *id.*

BARY, professeur au collége Charlemagne.

BENOIST, employé à la recette générale, à Châlons.

BERTIN fils aîné, à Châlons.

BERTRAND, docteur-médecin, à Châlons.

BILLET, percepteur, à Reims.

BONJEAN, greffier, à Vienne (Isère).

BONVALOT, professeur au collége Charlemagne.

BOURLON DE SARTY (Albert), à Châlons.

BOUSQUET (Charles), à Châlons.

BRANDIER, professeur au collége de Châlons.

BRODIER, employé à la préfecture.

CAPELLE, professeur au collége Charlemagne.

CAQUOT, notaire, à Châlons.

CARRET, horloger,   id.

CARTERET, membre du Conseil général de la Marne.

CATHIAUX (Constant), employé à la préfecture.

CERF (Félix), marchand, à Châlons.

CLAUSE, à Châlons.

CONNANTRE (le b⁰⁰ de), memb. du Conseil gén. de la Marne.

CORNET, chef de division à la préfecture.

CORNET (Léon), à Châlons.

CURY, à Paris.

DALGUE, professeur au collége Charlemagne.

DEBACQ, professeur au collége de Châlons.

DE BÉRANGER (le *Chansonnier*).

DELPECH, officier en retraite, à Epernay.

DOULCERON, chevalier de la Légion d'honneur, à Châlons.

DOULCET, receveur-général, à Châlons.

DROUET père, à Châlons.

ESTRAYER-CABASSOLLE, chanoine, à Châlons.

FAILLET-MARTIN, à Châlons.

FAURE, pharmacien, à Châlons.

FÉNAUX (Louis), à Châlons.

FLORION,   id.

GANDON, directeur de l'école supérieure, à Ste-Ménehould.

GARINET, conseiller de préfecture, à Châlons.

GODART, maire de Châlons.

GONDAT (Alexis), à Châlons.

GONZALE, employé des hospices de Reims.

GOUBEAU, à l'école d'arts, à Châlons.

GUY, professeur à la même école.

Hugo (le vicomte Victor), pair de France.

Itam, à Châlons.

Jacquart, meunier, à Bouy.

Jacquart fils, à Châlons.

Jacquetelle fils, à Châlons.

Jacquot, ouvrier typographe, à Châlons.

Jessaint (le vicomte de), pair de France.

Lahirée, percepteur, à Orbais.

Lamennais (l'abbé de).

Lapoulle, membre du Conseil général de la Marne.

Laurent, chef de bureau à la préfecture.

Ledocq, employé à la préfecture.

Leclerc, élève du collége de Châlons.

Lefèvre, professeur au même collége.

Leroy, chef de bureau à la préfecture.

Leroy, ingénieur civil, à Châlons.

Leroy, employé à l'asile de Châlons.

Lingée-Collinet, à Châlons.

Lucien, à Châlons.

Mahon, principal du collége de Châlons.

Maucourt père, à Châlons.

Maupassant, professeur au collége de Châlons.

Misset, pharmacien, à Rethel.

Muller (Louis), professeur de musique, à Châlons.

Navlet (Joseph), peintre, à Paris.

Nicaise-Létrillard, marchand, à Châlons.

Osiecki, professeur au collége de Châlons.

Oury, conducteur des ponts et chaussées, à Châlons.

Pérignon (le baron), député de la Marne.

Perrier-Grenet, à Châlons.

Perrier (Eugène), à Châlons.

Peyre, à Châlons.

Pfeffer, employé à la préfecture.

Pignard, curé, à Marson.

Poignée-Darnauld, à Sainte-Ménehould.

Poupre, inspecteur des écoles primaires, à Saint-Gibrien.

Prilly (de), évêque de Châlons.

Prin, docteur en médecine, à Châlons.

Prin-d'Origny, à Vertus.

Pront, professeur au collège Charlemagne.

Quantinet, à Châlons.

Radier, chapelier, à Châlons.

Rancillia, remp. les fonctions d'ingénieur, à Bar-sur-Aube.

Regnauld, pharmacien, à Châlons.

Regnier, directeur des contributions indirectes, à Châlons.

Regnier fils, à Châlons.

Richox, percepteur, à Châlons.

Romagny (Charles), à Paris.

Rostaing, à Paris.

Royer, receveur de l'asile de Châlons.

Salle, docteur en médecine, à Châlons.

Septavaux, instituteur, à Châlons.

Singier, avocat, à Châlons.

Supply-Olivier, à Châlons.

Thierry, couvreur, à Châlons.

Thomé, négociant, à Reims.

Vagny, architecte, à Châlons.

Vanzut, à Sainte-Ménehould.

Vattebault-Delestrée, à Châlons.

Vaucher, chef de bureau à la préfecture.

Verdot, chef d'institution du collège Charlemagne.

———

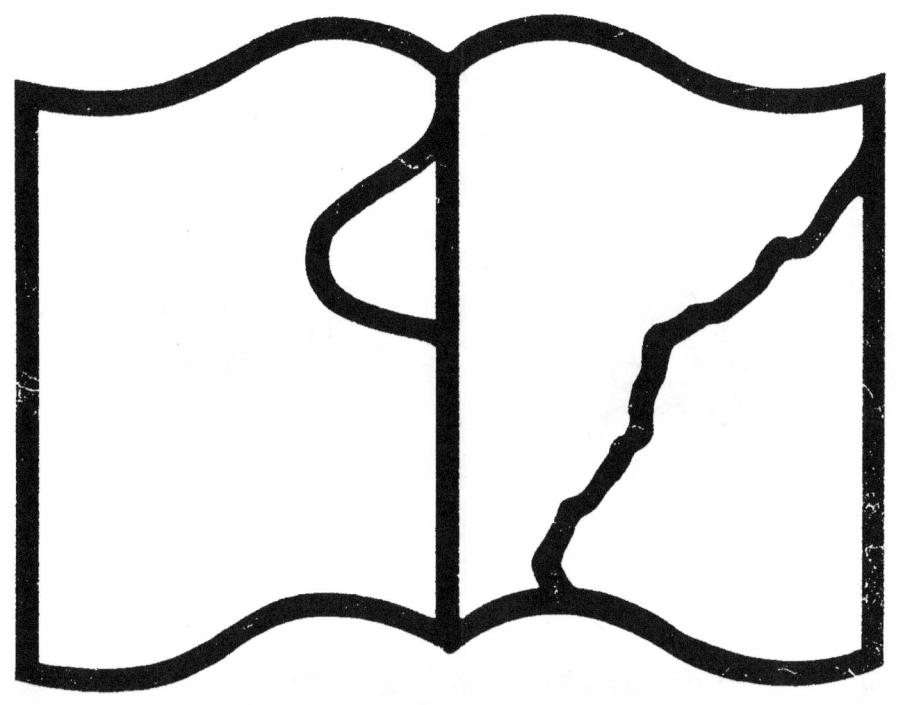

Texte détérioré — reliure défectueuse

NF Z 43-120-11

Contraste insuffisant

NF Z 43-120-14

www.ingramcontent.com/pod-product-compliance
Lightning Source LLC
Chambersburg PA
CBHW070507030726
47503CB00004B/1190